하마터면
놓칠 뻔 했다,
내 일상

하마터면
놓칠 뻔 했다,
내 일상

권규태 지음

harmonybook

기록해두니 퍽 아름답다

별스럽게 특별한 날이 아니다. 오히려 판에 박힌 날에 더 가까운 날이다. 시장을 보고, 점심을 먹는다. 책을 읽기도 하고 글을 잠시 쓰기도 한다. 일 년이라는 퍼즐에 작은 조각일 뿐인 하루다. 기억에 남지 않는 날. 불행하지도, 그렇다고 행복하지도 않은 그저 그런 하루.

글을 쓰고 난 뒤, 일상을 자세히 들여다본다. 시장에서 할머니와 아주머니가 실랑이를 벌이는 이유를 유심히 듣기도 하고, 산책하다 이야기를 나누는 동네 어르신의 모습을 곁눈질로 보기도 한다. 오늘 먹은 점심이 어떻게 만들어졌는지 어머니에게 여쭤보기도 하고, 귀가가 늦으신 아버지가 어디를 다녀오셨는지 묻는다. 퇴근한 동생에게 오늘은 어땠는지 질문을 던지며 귀찮게 한다.

일상을 고운 체로 걸러내 마음 서랍에 제목으로 넣어둔다. 어떤 글은 빠르게 써지고, 어떤 글은 서랍에 오랜 기간 머문다.

꺼내진 이야기에는 할머니와 아주머니의 실랑이가 아니라 정을 주고받고 계셨던 중이었고, 산책하는 동안 스친 동네 어르신은 자기 손자들을 자랑하기 바쁘시다. 점심에는 새로 만든 반찬 조리법을 알게 되고, 늦게 오신 아버지는 갑작스러운 출장을 다녀오신 모양이다. 동생은 오랜만에 오신 단골이 선물을 하나 전했다고 한다.

써 놓고 보니 별스럽지 않은 날, 판에 박힌 날이 사실은 아름다운 일상이었다.

글쓰기가 아니었으면, 흩어져버릴 날. 특별한 날이 아닌 오늘을 기억했을까? 난 오늘도 글을 쓰고 있다. 운이 좋게 응원해주는 분들도 계시다. 은퇴한 뒤 하겠노라며 미뤄둔 일인 글쓰기. 용기를 내어 하게 된 글쓰기 덕분에, 퍽 아름다운 일상을 선물 받았다.

별다른 일 없는 판에 박힌 일상을 가만히 보며, 재미있는 일도, 교훈이 될 만한 일도, 감동될만한 일도 찾는다. 글쓰기는 그 순간을 잡아내는 일이다. 잡아낸 이야기를 흰 바탕에다 검은색 글씨로 박아내고 나면 꽤 괜찮은 하루를 느낀다.

희미하게 흩어진 날을 잡으러 간다. 복잡하게 내 마음을 채우고 있는 생각을 체로 걸러본다. 낮은 농도의 생각을 증류해 진한 문장으로 만들어 낸다. 그렇게 내 일상을. 하마터면 놓칠 뻔한 내 일상을 그대와 나누고 싶다.

2장 하마터면 놓칠 뻔한 시장

3장 하마터면 놓칠 뻔한 주변

4장 하마터면 놓칠 뻔한 카페, 독립서점

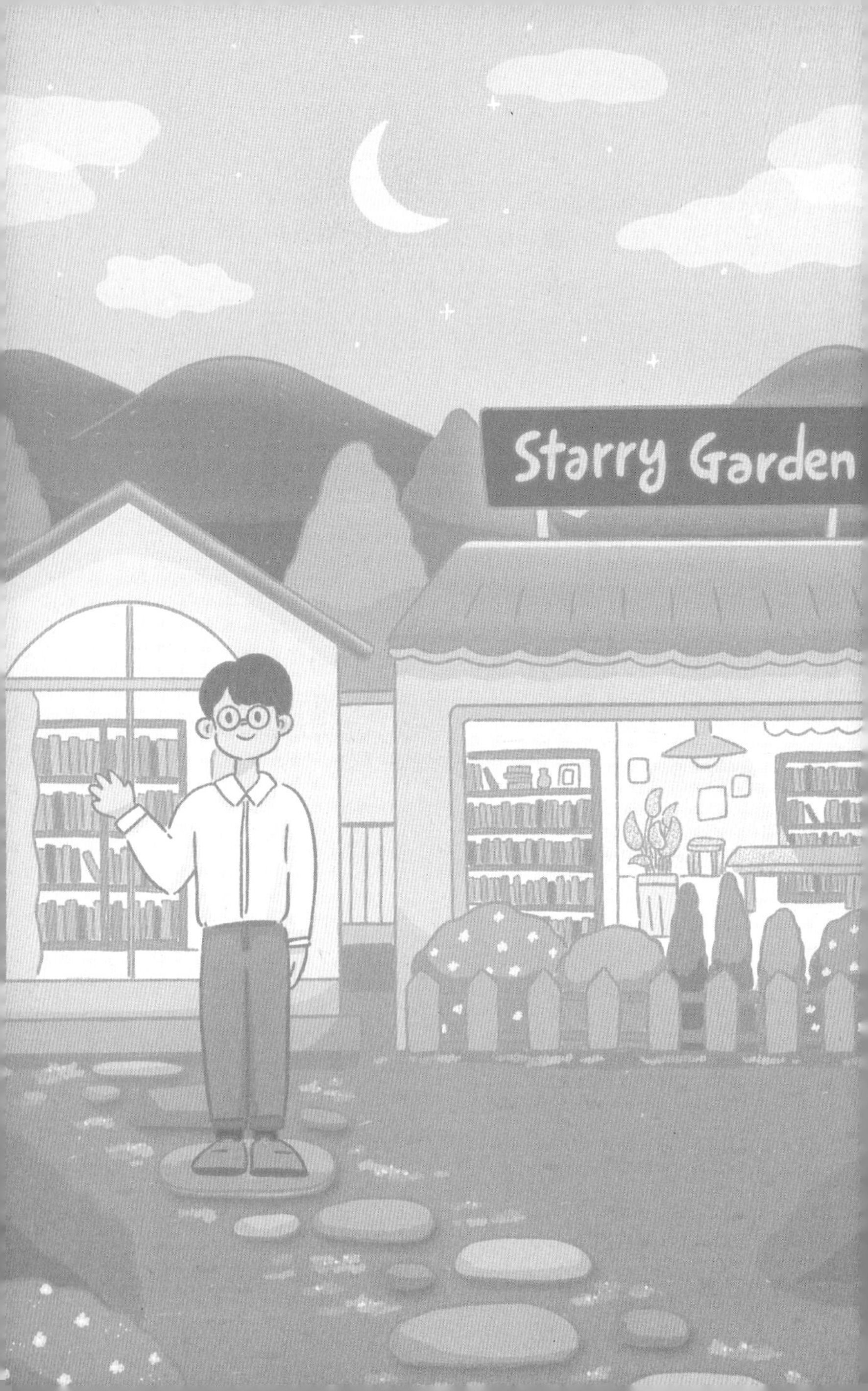
Starry Garden

1장
하마터면 놓칠 뻔한 가족

돌아가신 할머니 장롱에서
먹지 않은 약이 한가득 나왔다

가끔 절에 간다. 기획자는 어머니. 이번 기획 참가자는 아버지, 어머니 그리고 나다. 아버지는 "이제 운전하기 싫다. 너도 가야 한다."라며 내 참여를 확정하셨다. 그렇게 간 곳은 대광사. 삼층 높이 큰 건물에는 황금빛을 내는 부처님이 자리 잡고 계셨다.

어머니는 의식을 치르시고, 아버지와 나는 간단히 인사를 드리고 나와 걸었다. 이른 아침 사찰의 풍경은 고요하다. 위압적인 건물에 숨겨진 자연을 즐기며 걷기를 10분 남짓. 어머니가 나오신다. 잠시 여유를 즐기기 위해 의자를 찾아 앉았다. 가벼운 이야기를 나누다, 어머니가 약간은 무겁게 입을 떼신다.

"최근에 들은 이야기가 있어. 어떤 할머니가 돌아가셨는데, 자녀들이 생전에 사셨던 집을 정리하러 갔지. 장롱 속에 약이 한가득 있었다는 거야. 나이가 들면 몸이 조금씩 고장 나거든. 아무리 건강한 사람도 말이야. 불편한 몸을 조금이라도 편하게 하는 약을 한사코 거부하신 거지."

"그러면 왜 약은 받아오신 거예요? 드시지도 않으실 텐데."

나는 의아해하며 물었다.

"자식들이 병원에 가라고 아우성쳤을 테니까. 자식들이 걱정하지 않게 병원은 간 거지. 약도 잘 먹고 있노라 말했을 테고. 할머니는 스스로 죽음을 준비하고 계셨던 것 같아. 삶에 대한 집착을 내려놓은 것일 수도 있고, 자녀들에게 짐이 된다고 생각했을 수도 있어."

"자식이 잘못한 일이네. 드시는 것까지 확인했어야지."라며 비난할 사람을 찾았다. 이제 되었다 싶었다. 하지만 마음이 따가웠다.

약을 거부하신 할머니 마음은 모르겠다. 시간이 꽤 흐른 뒤에나 알 수 있을까? 이야기를 듣는 자식으로서는 마음이 따가웠다. 부모님이 언제까지 건강하리라는 근거 없는 믿음이 무너진다. 부모님을 잘 들여다 봐야하는 책임감과 다짐이 마음속에서 부유한다.

어떤 이유로 이야기 속 할머니가 약을 거부했는지, 그리고 죽음을 준비한 것인지 알 수 없다. 다만, 그 생각에 도달하기까지 자식과의 소통이 원활했을까. 대화를 충분히 했다면, 그 생각을 막을 순 있었을까? 고요한 사찰을 명상하듯 한참을 걸었다. 시간이 지나니 생각 하나가 가라앉았다.

'대화가 그 사건을 막지는 못할지라도, 그러한 생각을 한 이유

는 알 수 있었으리라.'

부모님과 이야기를 더 해야겠다. 마음이 따갑지 않게.

가족에도 간격이 필요한 까닭

어머니는 가끔 시장 동행을 요청하신다. 부탁은 꼭 무거운 물건을 사야 할 때다. 이번에는 쌀이다. 어머니는 대형마트에서 산, 노란색 장바구니를 들고 나갈 준비를 하신다. 도착지는 차로 10분 정도에 있는 시장이다. 평소보다 북적거리는 시장. 공용주차장도 차가 가득하다는 표시로 나를 돌려보낸다. 다음 공용주차장. 그 다음 공용주차장. 겨우 주차를 하고 어머니와 함께 걸었다.

마침 오일장이 서는 날이다. 소란스러운 시장. 사람 간의 간격이 좁았다. 어머니 옆에서 걷다 이내 뒤를 따랐다.

"앗, 엄마 미안."

가깝게 걷다, 어머니 신발 뒤축을 밟았다. 어머니는 멋진 손짓으로 내 말에 답하셨다. 그렇게 연거푸 어머니의 양쪽 발뒤축을 밟아댔다.

"조금만 떨어져 걷자. 한 걸음만 뒤에서 걸어."

짜증 날 법도 한 일에 어머니는 멋진 손짓과 따뜻한 음성으로 간격을 벌리라 하신다. 어머니와 내 간격이 조금씩 벌어졌다.

가족은 무척 가까운 관계이다. 내 의지로 시작한 관계는 아니지만. 가깝다. 옆에 있다는 것은 자주 부딪칠 수 있다는 또 다른 말이다. 그래서 가까운 관계일수록 적정한 간격이 필요하다.

서로 볼 수 있지만, 이야기는 할 수 있지만, 부딪치지 않는 간격. 가족이지만 서로 부딪치고 있다면 너무 가깝다는 신호가 아닐까. 신호가 울린다. 이젠 조금 떨어져 걸어보려고 한다.

'조금만 떨어져 걷자. 한 걸음만'

간격이 너무 벌어졌을까? 어머니가 나를 부르신다. 바로 호떡 가게 앞에서. 가까이 하자는 신호다.

"네 어머니 갑니다!"

반려동물의 시간은 빠르게 흐른다

반려 강아지는 평균 수명이 12년, 반려 고양이 평균 수명은 15년 정도라고 한다. 사람은 어떨까? 사람의 기대수명은 나라마다 제각각이다. 우리나라를 기준으로 보면 여성은 86.5세, 남성은 80.5세, 전체 평균은 83.5세라고 한다. 인간은 강아지보다는 약 7배, 고양이보다는 5.6배를 더 산다. 반려동물의 시간과 우리의 시간이 흐르는 속도는 다르다. 〈인터스텔라〉가 떠오른다. 주인공 쿠퍼가 딸을 떠나 우주로 가기 전에 이런 말을 한다.

"빛의 속도로 날거나 블랙홀 근처에 가면 아빠 시간은 평소보다 더 천천히 갈 거야. 아빠가 돌아올 때쯤 우리가 같은 나이일지도 몰라."

반려동물 관점에서 우리는 늘 블랙홀 근처에 살고, 반려동물은 빛의 속도로 날아간다. 우리 시간은 천천히 가고, 반려동물 시간은 빠르게 흐른다.

견생 2년 차 몰티즈 희망이와 함께 산다. 지금은 내가 무척 나이 많은 형이다. 몇 년 뒤면 우리는 같은 나이가 될지도 모른다. 시간이 조금 더 지나면, '희망이'는 나를 추월해 간다. 시간은 빠르게 흘러 '희망이'가 먼저 무지개다리를 건널 날이 온다. 생각만으로 마음이 시리다. 다시 마음에는 문장이 하나가 날아 든다.

"반려동물의 시간과 내 시간은 서로 다르게 흐른다."

무지개다리라는 아름다운 단어를 썼지만, 떠나갈 슬픔은 어쩔 수 없다. 내 시점에서 희망이의 시간은 벌써 빠르게 흐르고 있다. 미래에 대한 생각은 돌고 돌아 질문 하나에 도착했다. '그럼 나는 무엇을 할 수 있을까?', 문장 끝에는 '희망이와 조금 더 붙어있자.' '희망이가 좋아하는 산책 자주 가자.' '희망이에게 예쁜 말을 자주 하자.' '희망이에게 조금이라도 좋은 간식을 주자.'

그렇게 생각을 적어 놓고 보니. 결국에는 지금이다. 지금, 이 순간 희망이에게 집중하는 일밖에 없다. 그들의 시간과 내 시간이 다름을 잊고, 지금 함께 있는 이 순간에 집중할 뿐이다. 여전히 소망 하나가 남았다.

"그래도 조금만 천천히 가렴."

반려견의 행복에 대하여

　견생 2년 차 몰티즈와 산다. 잘생긴 녀석이다. 이름은 희망이다.(어머니가 우리 집 희망이 되어 달라며 붙여 주셨다.) 아버지는 그 녀석을 거부하셨다. 클리셰처럼 지금 아버지는 희망이를 무척 좋아하신다. 퇴근해서 돌아오시면 신발도 벗기 전에 찾으시고, 녀석은 총총거리며 아버지에게 꼬리를 흔든다.

　지금은 잘 지내지만, 녀석이 처음 왔을 때는 어수선했다. 녀석은 새로운 환경이 무서웠을 테고, 엄마가 보고 싶었을 테다. 밤에 두 시간 간격으로 짖어 댔다. 배변도 가리지 못하니 가족 모두가 바빴다. 그렇게 견디다 못해 훈련사를 집으로 모셨다.

　훈련사는 간단한 명령과 양육에 대한 방법을 알려주었다. 몇 차례의 시연과 연습이 반복되었다. 두 시간 훈련을 마무리하고 훈련사는 오래도록 기억해야할 질문을 우리에게 두고 갔다.

　"희망이는 언제 행복할까요? 이제 이 질문을 안고 지내시면 됩니다."

오래 기억해야할 질문은 곧 무거운 부탁으로 변했다. 하나의 생명을 받아 안아 내는 일에 대한 무게를 다시 생각하게 했다. 훈련사가 다녀간 뒤, 거짓말 같이 녀석은 밤에 짖는 소리가 줄어들었고, 배변을 가리기 시작했다. 훈련사 말이 마음 어디인가 박혀 아릿하게 한다. 지금까지도.

이따금 희망이를 쓰다듬으며 훈련사의 말을 생각한다. '무엇이 녀석을 행복하게 할까?' 희망이라고 부르면 까만 눈으로 나를 빤히 쳐다본다. "희망아 별일 아니야, 그냥 불렀어. 쉬어." 희망이는 다시 눕는다. 훈련사가 남긴 질문을 생각해본다. '무엇이 희망이를 행복하게 할까?' 희망이가 좋아하는 걸 주자. 희망이는 우리와 시간을 보내고 싶어 하리라. 행복은 함께할 때 만들어진다는 결론. 그럼, 지금 희망이에게 행복은 산책이다.

"희망아 산책 갈까?"

희망이는 내 말 한마디에 무릎에서 버둥거리며 내려갔다. 폴짝폴짝 뛴다. 줄을 매고 배변 봉투를 챙긴다. 희망이에게 텔레파시를 보내본다.

'희망아, 행복했으면 해.'

부모님 시간도 빠르게 흐른다

써놓은 글은 다른 생각을, 다른 글을 소개하기도 한다. 시간이 흐르고 나니, 희망이 시간에 대한 생각이 커졌다. 새로운 질문이 앞에 놓였다. '부모님은 어떤 시간이 흐르고 있을까?' 같은 공간에 있다고 우리가 같은 시간을 보건 아니리라.

나이에 따라 시간이 흐르는 속도가 다르다고 한다. 10대는 10km/h, 20대는 20km/h. 나이을 먹을수록, 시간이 흐르는 속도가 빨라진다. 경험 때문이라는 이야기도 있고, 뇌가 느끼는 자극 때문이라고도 한다. 원인은 정확히 할 수 없지만, 나이에 따라 서로 다른 속도의 시간을 보내는 건 확실하다.

부모님이 보내는 시간과 내가 보내는 시간 속도는 서로 다르다. 시간이 지날수록, 부모님은 빠르게 흐르는 시간 속에서 살고 계실 테다. 시간을 멈출 수도 없고, 느리게 할 수도 없다. '그럼 우린 소중한 시간을 어떻게 보내야 할까?' 고민이 조금씩 자라난다.

무심히 시간은 흐르고, 올해도 빠르게 지나간다. 시간에 관한 생각을 심어 두고, 빨리 자라길 조급했다.

훌쩍 자라난 나무에 열매가 달렸다. 우린 같은 시간이라도 서로 다른 경험을 한다. 어떤 사람은 짧은 시간에도 무척 고생해 엄청난 경험을 한다. 반면에 어떤 사람은 긴 시간을 두어도 아무런 경험을 하지 못하는 예도 있다. 둘은 어떤 차이가 있을까?

밀도 차이로 보인다. 밀도는 물질의 단위 부피당 질량을 뜻한다. 같은 시간 속에서 깊게 집중하고, 많은 일을 한다면 자연스레 경험 밀도가 올라간다. 그 덕에 짧은 시간에도 무척 많은 경험이 쌓이게 된다. 그럼, 추억도 높은 밀도로 만들 수 있지 않을까?

흐르는 시간을 멈출 수 없다. 속도도 조절할 수 없다. 다만, 시간에 소중한 기억을 꾹꾹 눌러 담아 밀도 높은 추억을 만들어 드리면 어떨까? 같이 하는 시간을 오직 부모님에게 쏟아 붓는 것이다.

휴대전화를 내려두고 부모님 눈을 바라보며 이야기해야겠다.
맛있는 음식을 먹으며 서로의 마음을 나누어야겠다.
서로 손을 잡고 온도를 공유해야겠다.
오직 그 순간 부모님에게 집중해야겠다.

소중한 시간에 기억을 꾹꾹 눌러 담자. 추억의 밀도를 높여보자.

아버지는 왜 담배를 피우실까?

아버지는 담배를 피우신다. 고등학교 때부터 피셨으니, 40년 넘는 세월을 담배와 함께 하셨다. 몇 차례 담배 피우는 일을 그만두시겠노라 했지만, 실패로 돌아갔다. 여전히 피신다. 아버지는 호기롭게 이야기하신다. "손주가 온다면, 담배를 끊어보겠다." 엄청난 임무를 주시며, 담배를 끊어내는 일을 미루셨다.

자꾸 끊기를 요구하지만, 녹록치 않다. 추운 겨울에도 더운 여름에도 밖으로 나가 담배를 피우시는 노력을 거두시지 않는다. 귀찮을 텐데도 말이다. 아버지께서 담배를 피우기 시작한 것은 또래 집단의 확실한 소속감 때문이었을까? 아버지는 어떤 이유로 담배를 피우셨을까? 아니 이미 시작은 하셨으니, 왜 계속 피실까? 생각이 잡초처럼 자란다. 혼자 곰곰 생각에 빠졌다.

아버지 담배 피우시는 모습을 가만히 봤다. 일사불란하다. 한 손에는 담배를 빼고 입으로 잡아두신다. 기다렸다는 듯 다른 손은 라이터를 찾는다. 바람이 불을 꺼트리지 않도록 손은 불을 보호한다. 이제 담배에 붉은 불이 환해진다. 검은 재가 만들어질 때 마다, 아버지는 긴 숨을 내쉰다. '후~.' 다시 한 모금 숨을 들이쉬길 반복한다. 5분 남짓 재를 털고 꽁초를 가져 오신다.

가만히 바라보니 아버지는 호흡에 집중하셨다. 담배를 피우는 일은 곧 호흡에 집중하는 일이 아닐까 하는 생각 불쑥 왔다.

"호흡."

바쁘고 거친 삶을 사시는 아버지는 가끔 호흡을 잊고 사시는 건 아닐까? 숨을 챙길 겨를도 없는 삶. 앞에 놓인 시련을 이겨가는 일에도 바쁜 날이 반복된다. 중간 중간 호흡에 집중할 시간이 필요 했을 테다. 그때마다, 호흡을 보여주는 담배를 찾으셨으리라.

담배는 잊고 있던 호흡을 집중케 한다. 숨 쉬고 있다는 사실을 깨닫고, 살아 있다는 것을 증명하는 일이 흡연이다. 아버지는 담배를 태우며 호흡을 살피고, 살아 있다는 사실을 끊임없이 확인하고 계셨다.

40년 지기 친구인 담배를 한 번에 끊어내는 일은 힘들다. 거기다, 자신이 살아있음을 알게 하는 담배를 떠나보내는 일은 어려운 일이다. 다만, 호흡을 집중하는 일. 살아있음을 보여주는 다른 일을 함께해야겠다.

우선 산책이다. 아버지와 함께 걷고 싶다. 호흡을 공유하며, 살 아있음을 나누면서 말이다.

그때 전화를 끊은 것이 후회됩니다

〈유 퀴즈 온 더 블럭〉에 봉화 생환 광부께서 출현했다. 칠흑 같은 어둠, 습한 기운과 추위를 9일 남짓 버티셨다. 다행히 살아 돌아오셨다. 담담하게 이야기하는 모습에 마음이 먹먹했다. 방송에 아들이 함께 나왔다. 그날의 기억. 9일 동안 불안했던 감정을 털어놓았다.

생환 광부 이야기가 끝나고 다음 출연자가 나왔다. 하지만, 나는 생환 광부 이야기에서 나오지 못했다. 정지버튼을 누르고 생각이라는 차가운 물속에 발목을 넣었다. 아들 이야기가 계속 맴돌았다.

사고가 있던 날, 점심. 광부인 아버지는 아들에게 전화했다. 아버지는 직장 생활에서 유일한 틈인 점심시간을 고르셨다. 용기를 내어 전화하신 아버지는 아들이 밥 먹는다는 한마디에 전화를 내려놓았다. 그리고 9일 동안 통화는 없었다. 앞으로도 없을 뻔했다. 그 통화가 마지막 통화가 될 뻔했다.

끊을 때는 몰랐을 것이다. 그 순간이 마지막 순간이 될 뻔한 사실을. 아들은 후회했다.

무엇이든, 누구든 마지막은 있다. 다만, 언제인지는 아무도 모른다. 지금일 수도, 내일일 수도 아니면 10년 뒤일 수도 있다. 우리는 지금이 아니라고 믿는다. 기회가 늘 있다며 미룬다. 특히 자주 미루는 일이 바로 가족에게 표현하는 일이다.

가끔 부모님에게 온 전화를 가볍게 받는다. 어떤 때는 바쁘다는 핑계로 전화를 끊어내기도 한다. 어떤 때는 피곤하다는 이유로 전화 종료하기 버튼을 누른다. 그 가벼움이, 그 끊어냄이, 그 종료가 큰 후회가 될 수 있다. 용기를 짜내어 전화한 부모님을 뼈에 사무치게 그리워할 날, 그날은 아무도 모르는 사이에 온다.

생환 광부 아들은 그 시점을 후회했다. 다행히 돌아오셨기에 그는 아마 늘 마지막인 것처럼 표현하고 있지 않을까? 나도 예외는 아니다. 어둡고 축축한 생각에서 발을 뺀다. 번쩍이는 생각이 나에게 손짓 한다. 언제가 마지막인지 모르니, 항상 마지막인 것처럼, 후회를 남기지 않게 표현하라고 한다. 그래도 후회는 남겠지만, 후회를 줄이는 일이 되리라.

지금 당장 전화해야겠다. 지금이 마지막인 것처럼.

어머니가 '사랑합니다'를 외치는 까닭

두 달 전 캠페인은 시작됐다. 아버지가 출근하고, 동생과 내가 나가는 길에 어머니는 외친다.

"사랑합니다."

가족끼리 잘 나오지 않는 단어 '사랑'에 우리 모두 당황하며 나갔다. 하루, 이틀. 그렇게 일주일째 나가는 우리에게 어머니는 '사랑합니다'를 외치신다. 일주일이 지났지만, 우리 모두 어떤 반응을 해야 할지 찾지 못했다.

그렇게 한 주가 더 지나갔다. 가장 먼저 반응을 한 건 나다. '사랑합니다'에 '사랑합니다'로 화답하지 못했다. 어떤 단어가 좋을까 곰곰 생각했다. 그렇게 고른 단어는 '감사합니다' 고른 단어를 잘 닦아 준비했다. 어김없이 어머니는 우리에게 '사랑합니다'를 외치셨다. 나는 배에 힘을 주고 '감사합니다'를 외쳤다.

어머니는 환하게 웃으셨고, 동생과 아버지는 나를 쳐다보며 웃었다. 아침을 기분 좋게 웃으며 시작했다.

두 달 전 시작된 '사랑합니다' 캠페인은 지금도 여전하다. 듣다 보니, '사랑합니다'를 외칠 용기가 생겼다. 캠페인 한 달쯤 나는 '감사합니다' 와 '사랑합니다'를 바꿔가며 응답했다. 처음에나 민망하지 계속하니 할만 했다. 아버지와 동생은 아직 반응하지 않고 있지만, 환한 웃음과 기분 좋은 발걸음으로 표현하고 있다.

　어머니의 '사랑합니다' 캠페인을 시작한 이유를 곰곰 생각하게 되었다.

　어떤 계기로 시작되었는지 모르겠다. 다만, '사랑합니다' 캠페인은 기분 좋은 아침을 시작하는 가장 확실한 방법이다. 우리는 아침에 일어나 사회라는 현장으로 나간다. 가끔 현장은 전쟁터가 된다. 생존을 위해 치열하게 버텨간다. 스트레스를 받고 시간을 주며, 생활비를 벌어온다.

　가는 걸음이 가볍기 힘들다. 무거운 발걸음에 어머니는 힘을 불어넣어 주시고 싶으셨나 보다. 힘을 주는 방법으로 마음에 담아 두고 계셨던 '사랑합니다'를 외치신 모양이다. 효과는 대단했다. 우리는 웃음을 지으며 나갈 수 있었다.

　'가수는 노래 따라간다', '쓰는 대로 살아간다'라는 말이 있다. 조금 확장해보면 '말하는 대로 살아간다'가 되지 않을까? 시작은 단순히 외치는 구호다. 삶을 사랑하며 살아가라는 주문이고, 응원이다. 이머니는 힘을 주고자, 사랑이라는 씨앗을 심어주셨다.

그렇게 가족 마음에 사랑이 자라나고 있다.

나가는 우리에게 사랑한다고 외치는 어머니. 오늘은 내가 먼저 '사랑합니다'를 외쳐야겠다.

"사랑합니다!"

덧붙임.

처음에는 민망합니다. 그래도 계속하다 보면 할 만합니다. 효과는 대단합니다. 많은 분이 '사랑합니다' 외치기 캠페인으로 힘을 얻어 가셨으면 합니다.

자식에게 전화할 때
부모는 용기가 필요하단다

대학, 군대 그리고 대학원까지 가족과 떨어져 살았다. 그때 매일 하려 노력한 일이 있다. 전화다. 계기가 있다. 내가 살던 고향은 유교문화가 강한 곳이다. 어르신이 모이면, 나이를 따지는 것보다 몇 대손인지 따진다. 어린 나에게 아저씨라며 나이 많은 어르신이 예의를 갖추기도 한다. 큰제사가 있는 경우에는 몇몇 어르신은 갓을 쓰고 등장하신다.

어느 날이었는지 기억이 희미하다. 큰 행사로 사람이 많이 모였다. 행사에서 한 발짝 떨어져 있었다. 자주 보던 어르신이 다가왔다. 예의와 효가 무엇인지 말씀을 시작하셨다. 기억에 남는 건 별로 없지만, 단 하나 마음에 새겨진 이야기가 있었다.

"부모는 죽을 때 자식 목소리를 많이 듣지 못 한 게 한이 된다. 다른 것은 몰라도 전화는 자주 드려라. 그것이 바로 실천하는 효다."

그 말이 인상 깊었다. 대학에 가서부터 가능하면 매일 부모님에게 전화를 드렸다. 별 내용도 없다. 식사는 하셨는지, 잠은 잘

주무셨는지, 지금은 어디 계시는지. 가끔 통화가 길어지는데, 내 일이 궁금하시거나, 자신에게 벌어진 일을 이야기할 때다.

그때 기억을 곰곰 되짚어 보면, 특징이 있다.
전화를 걸면 얼른 끊으려고 하시는 것.
좀처럼 먼저 전화하지 않는 것.

'왜?'라는 의문이 이제야 든다. 옆에 계시는 어머니에게 여쭤봤다.
"혹시 바쁠까 봐. 하는 일에 방해될까 봐 그렇지. 자식에게 전화할 때 부모는 용기가 필요하단다."

부모님의 무한한 사랑에 놀란다. 오직 자식 입장에 서신다. 그래서 전화에도 용기가 필요해진다. 겨우 짜낸 용기로 전화했는데, 자식이 바쁘다고 전화를 끊는다. 바쁜 일이 끝났음에도 전화하는 일을 까먹고 다시 하지 않는다. 그럼, 부모님은 한참 동안 용기를 모아야만 다시 전화를 할 수 있게 된다.
부모님은 자식 걱정에도 용기가 필요해지는 순간이다. 어르신 말을 되새긴다.
부모님에게 용기를 불어넣어야겠다. 나는 언제든 괜찮다고. 아니다. 내가 먼저 전화하면 될 일이다.

아버지와 아들이 인삼을 재우는 까닭

요즘 어머니의 건강이 심상치 않다. 장염이 자주 어머니 배에서 존재감을 드러낸다. 화가 난 장을 잘 달래려고 부드러운 음식만 먹으니 한층 더 쇠약 지셨다. 그런데도 밥을 하시고, 일을 하시니 마음이 불편하다.

추석맞이 선물이 아버지 손에 무겁게 들려왔다. 눈에 먼저 들어온 건, 황금빛 보자기에 싸여있는 선물이다. 자개농에나 있을 법한 은은한 빛을 내는 상자에 인삼이 가득하다. 어머니는 인삼을 우리가 다 먹을 수 없어 고민하다 일부를 아랫집 어르신 댁으로 보내셨다. 그래도 남은 인삼을 어떻게 할까 고민하시다, "인삼을 꿀에 재우자"라고 하셨다. 내게 떨어진 임무. "잘 씻어라."

인삼을 재우기 위한 3단계는 씻기, 말리기, 자르기 정도겠다.

내게 들린 건 더 이상 기능을 상실한 칫솔과 흙이 잔뜩 묻은 인삼이었다. 단순노동이 예상되니, 바로 휴대전화로 OTT 서비스를 켰다. 예전에 봤던 드라마를 눌렀다. 쓱싹쓱싹 흙을 꼼꼼히 제거했다. 한 25분쯤 지나니 어느새 흰색 살을 들어낸 인삼이 한 가득 쌓였다.

물기를 가득 문 인삼을 베란다에 널어놨다. 이제는 마를 시간.

아버지가 늦은 시간에 퇴근하시고 돌아오셨다. 씻고 나오신 아버지는 널린 인삼을 보시더니 무언가를 결심한 듯 도마와 칼을 내어오셨다. 조용히. 또각또각 소리를 내며 얇게 잘라낸 인삼 조각들이 병을 채운다. 세 개의 유리병을 가득 채운 뒤에야 또각또각 소리를 멈췄다. 인삼 조각이 반 정도 찬 병에 꿀로 빈틈을 메운다. 이제는 인삼이 재워지는 시간이다.

아버지와 내가 인삼을 재우는 까닭은 어머니의 건강 때문이다. 나는 어머니가 건강해지시길 바라는 마음을 꺼내 깨끗이 닦았다. 환하게 들어낸 내 마음과 인삼을 바짝 말리는 시간을 거쳤다. 아버지는 늦은 밤임에도 도마를 꺼내어 또각또각 소리를 내며 인삼을 자르셨다. 인삼을 잘게 자른 건, 아마 낯간지러워 전달하지 못한 마음 한 조각을 몰래 넣기 위해서는 아닐까? 그렇게 아버지와 내 마음은 병에 담겨 재워지고 있다.

부끄러워 직접 말하지 못한 마음이 잘 재워지길.
재워진 마음이 어머니에게 전달되길.
그 마음이 어머니의 건강에 도움이 되길.

민망하다는 이유로, 다음에 하면 된다는 이유, 내 마음을 알 것이라는 이유로 전달하지 못한 말이 참 많다.

할머니가 떠나고도 슬프지 않았던 이유

할머니가 떠나신 지 16년이 넘었다. 나는 할머니에게 무척 많은 사랑을 받았다. 할머니 댁과 집이 가까웠다. 할머니 댁과 가깝고, 막내아들인 아버지 덕분에 자주 갔기 때문이리라. 갈 때마다 할머니는 먹을거리를 준비하셨다. 어느 날은 직접 만드신 두부, 어느 날은 사탕, 어느 날은 떡을 준비해 두신다. 당신의 마음 크기만큼 음식이 많다.

곰곰 할머니 추억을 되짚어가다 떠오르는 기억이 하나가 있다. 난 할머니 댁에 도착하면 텔레비전이 있는 안방으로 간다. 시골이니 할 일이 무엇이 있으랴. 또래도 없는 그곳에서 텔레비전이 유일한 재미다. 뚱뚱한 브라운관, 오른쪽 위에는 예닐곱 개의 채널이 숫자로 박혀있는 손잡이. 돌릴 때 마다 타닥타닥 소리가 난다. 선택할 채널을 몇 없지만, 이리저리 돌려 본다.

할머니와 반가움을 잠깐 나누고, 안방으로 들어갔다. 낮이었지만, 어두컴컴했다. 두꺼운 담요는 창문을 덮어 빛을 막아섰다.

쿰쿰한 냄새가 코를 찌른다. 어둠을 밀어내기 위해 버튼을 눌렀다. 딸깍! 눈앞에는 밝은 갈색 덩어리가 주렁주렁 달려있다.

메주. 어둠 속에 곱게 자리를 잡은 녀석은 바로 메주다.

진한 냄새를 피해 거실에 자리를 잡았다. 할머니가 들어가 텔레비전을 보라하시지만 메주 때문에 들어가지 못한다고 짜증이 섞인 말을 돌려드렸다. 할머니는 고개를 갸웃하신다. 그럼 우선 이거부터 먹고 있으라며 떡을 주시고 나가신다. 비스듬히 누워 떡을 먹고 있었다. 시간이 한참 흐른 뒤, 할머니가 오셨다. 손에는 노란색 물건이 들려있다.

내 곁에 두시고는, 심심하지 않을 거라며 웃으셨다. 라디오였다.

할머니는 할머니의 방식으로 사랑을 듬뿍 주셨다. 기억 저편에 있던 추억이 하나둘씩 떠오른다. 나는 할머니를 무척 좋아했다. 물론 표현은 잘하지 않았지만. 서로의 사랑을 알고 있었으리라.

할머니는 갑작스럽게 내 곁을 떠났다. 대학 중간고사 직전에 소식을 들었다. 놀랐지만, 슬프지 않았다. 할머니의 상실을 실감하지 못했기 때문이리라. 차려진 장례식장에는 할머니의 환한 미소만이 나를 반겼다. 건조한 장례식장. 소독약 냄새가 오래도록 코끝에 매달렸다. 들어선 그곳에는 오랜만에 본 친척들이 가득하다.

옷을 갈아입고, 팔에는 아무런 줄이 없는 완장을 찼다. 밤을

새웠다. 시골에서 오시는 분들을 맞이하느라 정신이 없었다. 삼일이 지났다. 어머니는 할머니 마지막 모습을 볼 것이냐는 질문에 나는 거절했다. 믿고 싶지 않은지, 그 당시가 두려웠는지 모르겠다.

받은 사랑이 무색하게, 나는 눈물 한 방울 흘리지 않았다. 눈물을 펑펑 흘리는 어머니와 아버지를 보며, 죄책감이 흘렀다. 받은 사랑을 슬픔으로 갚지 못한 마음만큼 죄의식은 자라났다. 지금까지 가끔 할머니 생각을 해도 슬프기보다는 아련한 느낌이다. 글을 쓰며 할머니를 생각하지만, 슬프지 않다. 다만, 어디에선가 나를 지켜보고, 나를 기다리고 계시는 듯하다.

곰곰 생각하다 닿은 단어가 있다.

"할머니의 배려."

할머니는 돌아가신 순간부터 지금까지 나를 배려하신 모양이다. 사랑하신 만큼 말이다. 할머니 자신이 없는 세상에서 슬퍼할 손자를 보기 괴롭지 않았을까? 또, 나에게 슬픈 기억으로 남는 것이 싫었을 수도 있다. 그래서 할머니는 산뜻하게 나를 떠나시는 배려를 하는 건 아닐까?

나 없는 세상에서 홀로 슬퍼하지 말라고. 사랑스러운 손자에게 마지막 선물처럼, 마치 없었던 것처럼, 슬픔을 남기지 않고 떠나신 것이리라. 마음에 생채기 하나 남기지 않고 말이다.

지금도 할머니를 생각하면 좋은 기억, 따뜻한 촉감, 즐거운 소리만이 추억으로 남아 있다. 슬픈 기억이 내 추억에 들어오지 않았다. 할머니는 살아계셨을 때보다 더 큰 사랑을 지금 나에게 전해주셨다는 생각이 커진다. 할머니의 배려. 할머니의 따뜻한 기운이 감싸는 듯하다.

　할머니가 계시는 그곳이 궁금하다. 그곳에서도 나를 배려해주신 할머니가 보고 싶다.

닭 목을 드시는 어머니

주말 점심. 어머니는 점심을 나가 먹자고 하신다. 어머니의 노고를 알기에 바로 휴대전화를 들었다. 집에서 가까우며, 맛있는 집을 찾아 후보로 선정했다. 그렇게 최종 선택된 건 닭볶음탕이다. 바로 옷을 챙겨 입고 가족 모두가 나섰다.

이른 점심시간. 식당은 한산하다. 메뉴판을 훑어보곤 닭볶음탕을 주문했다. 가스버너가 나오고 밑반찬이 나온다. 김치, 부침개, 양념게장, 연근조림, 샐러드. 바삭한 부침개를 먹고 있으니 주인공이 나왔다. 마지막으로 솥 밥까지. 닭볶음탕 국물이 줄어들 때를 기다리며, 가족끼리 이야기를 이어간다.

국물 높이가 낮아지자, 젓가락으로 닭을 한 조각씩 가져간다. 나는 닭 가슴살, 아버지는 다리, 동생은 날개, 어머니는 닭 목이다. 우리가 다음 조각을 넘어갈 때까지 어머니는 닭 목을 들고 계신다. 궁금했다.

"어머니 닭 목이 맛있어서 드시는 거예요?"

동생도 궁금했던지 말을 거든다.

"엄마, 이제는 다리를 드셔도 돼요. 우리 때문에 닭 목 드시지 않아도 됩니다! 먹기 불편만 하고 살도 없잖아요."

어머니는 찡긋 웃으시며.

"나는 이게 맛있어~."라고 하시며, 닭 목을 마저 끝내신다.

사실일까? 옆에서 식사하시던 아버지가 한마디 하셨다. "많은 형제들 중간에 태어났으니, 팔리지 않는 목만 먹어서 그런 거야." 목을 다 드신 어머니는 닭 가슴살을 하나 집어 드신다.

사실을 말해달라는 우리의 성화에 목이 발라먹는 재미가 있어서 맛있다고 하신다. 이제는 정말 그런가 하며, 식사 끝냈다. 식사는 끝났지만, 마음에 들어온 의문은 계속 남았다. 정말로 목이 맛있어서 드시는 걸까?

며칠 뒤, 저녁으로 치킨을 먹자고 하신다. 이번에는 목을 반으로 갈라 내가 한번 먹어봐야겠다. 어머니에게 우선 다리부터 드시라고 부탁드린다.

"어머니, 나도 목 한번 먹어보고 싶어요. 이번에는 다리 먼저 드세요. 다리 맛있어요."

목을 먹고 있어도 어머니 마음은 아직도 모르겠다. 어머니, 사실을 말해주세요!

대구 아쿠아리움에서 뒤바뀐 보호자

어머니는 아쿠아리움을 좋아하신다. 대구역에 있는 백화점 지하에 있는 아쿠아리움으로 모시고 갔다. 화려함을 뽐내는 열대어부터, 전기를 뿜어낸다는 뱀장어, 뱀 같은 곰치, '니모'라고 불리는 흰동가리가 저마다 자기 모습을 내보인다.

한참 가다 보니, 행사가 있다는 푯말이 보인다. 촘촘하고 다양한 프로그램이 기다리고 있다. 가만히 보고 있으니 30분 뒤 "바다친구 맘마 쇼"가 있다고 한다. 시계와 지도를 번갈아 봤다. 천천히 가면 행사 시간과 딱 맞을 것 같았다. 어머니에게 귀띔하니, 꼭 보러 가자고 하신다.

먼저 가시던 어머니가 멈칫하신다. 원통형의 어항이 줄 서 있고, 벽면이 모두 거울로 되어 있는 방이었다. 어머니는 무섭다며 못 가겠다고 하신다. 어머니께서 손을 잡아 달라고 하신다.

어머니 손을 꼭 쥐고 들어서니, 바닥만을 보신다.

"어머니 무서우세요? 여기가 출구예요. 이쪽으로 가요."라고 하며 어머니를 모셨다.

먹이를 주는 행사가 이뤄지는 큰 수조에 도착했다. 바닥에 앉아 보고 있으니, 어머니는 손뼉을 치며 수조에서 눈을 떼지 못하신다. 열 명 남짓 다른 이들이 보인다. 어린아이와 부모님 조합으로 다들 앉아 있다. 아이들은 손뼉을 치며, 상어가 오거나 전갱이가 커다란 공을 만들 때마다 소리를 지른다. 물론, 어머니도 함께.

짧은 공연이 끝나고 일어서니 어머니는 나에게 한마디 하신다.

"보호자 덕분에 재미있는 거 보고 간다. 고맙다 아들!"

30년이 훌쩍 넘는 세월 동안 내 보호자였던 어머니. 주름진 어머니 손을 꼭 잡으니, 세월이 어머니 손을 언제 이렇게 할퀴고 갔나 싶다. 어머니를 보호하며 다니니 마음이 먹먹하다. 거기다 즐거워하시는 모습이 짠하다. 그동안 가고 싶은 곳도 참 많으셨으리라. 이제는 어머니가 가고 싶은 곳이 어디든 모시고 다녀야겠다는 생각이 고개를 든다.

"어머니 다음에는 롯데타워에 있는 아쿠아리움 가요. 거기도 좋다고 해요!"

아버지가 블루베리 잎을 가져온 까닭

아버지께서 퇴근하셨다. 인사하러 나가니 손에 무언가 들려있다. 신경 쓰지 않았다. 인사를 하고 부엌에 가서 물 한 잔 먹고 나왔다. 식탁에 붉은색 잎이 놓여있다.

"아버지 이거 뭐예요?"

아버지는 휴대전화를 보시면서 말씀하셨다.

"블루베리 잎이야. 1층 어르신 정원에서 가져왔어."

블루베리 잎이 붉은색이라는 것도 모르는 나는 놀라며 잎을 들고 흔들며 한 번 더 물었다.

"왜 가져 오셨어요?"

휴대전화를 내려놓으시고 윗옷을 벗으시며, 환하게 웃으셨다.

"낭만이 있잖니."

아! 아버지에게 뒤늦게 가을이 찾아왔나 보다.

낭만을 사전에서 찾아보면 다음과 같다.

현실에 매이지 않고 감상적이고 이상적으로 사물을 대하는
태도나 심리. 또는 그러한 분위기

- 표준국어대사전 -

*비슷한 단어: 환상, 감상, 정서

아버지는 어떤 하루를 지내실까? 분명 전투 같은 현실을 버티시며 오셨을 테다. 그러한 현실에서 잠시 떠나고 싶으셨을까? 아버지의 분위기는 무척 낭만적이었다. 지독한 현실에서 잠시 벗어나 환상적인 곳으로 잠시 다녀오실 때 가져온 붉은색 블루베리 잎이 소중하다.

집을 나서며 그 나무를 봤다. 고개를 조금 숙여 인사하며 마음으로 소곤거렸다.

"아버지에게 낭만을 선사해줘서 고맙다."

아버지가 블루베리 잎을 가져온 까닭
- 뒷 이야기

　아버지가 가져오신 블루베리 잎에 대해 글을 썼다. 잊고 있던, 블루베리 잎 행방이 궁금해졌다. 아버지가 오시길 기다렸다. 다행히도 일찍 오셨다. 밥을 차리고, 먹을 때까지 기다린 뒤에야 입을 뗐다.

　"아버지 블루베리 잎 그거 어디에다 두셨어요?"

　아버지는 고개를 갸웃하시고는 어머니는 보신다.

　"엄마한테 줬지. 몰랐어? 엄마 주려고 가져온 거야."

　어머니를 보니, 웃으시며 고개를 끄덕인다. 수저를 놓으시더니 수첩 하나를 가져오셨다.

　"낭만은 여기 보관 중이야."

　나는 배시시 웃었다. 온 가족에게 낭만이 깃들였다. 모두 현실에서 잠시 벗어났다. 아무것도 아닐 수 있는 낙엽 덕분에 우리 모두에게 낭만이 왔다. 아버지가 가져오신 작은 잎이 표처럼 보인다. 우리 모두를 현실에서 잠시 벗어나게 하는 표.

낭만을 알게 한 아버지에게도, 낭만을 잘 보관해주신 어머니에게도 감사하다. 조금 뒤에 알게 된 동생은 연신 사진을 찍어댄다. 낭만을 기록하는 모양이다.

부모님은 왜 주말드라마를 볼까?

주말 오후 8시면 드라마가 시작된다. 최근에 종영한 〈현재는 아름다워〉 다음 작품 〈삼 남매가 용감하게〉다. 저녁을 먹고 내 방으로 가려다, 서서 드라마를 본다. 중간에 끼어들어 보니 내용이 이해되지 않았다. 부모님에게 여쭤봤다.

아버지는 목을 가다듬으시곤 설명을 시작하신다. 여자 주인공은 늘 양보만 했다고 한다. 그래서 이제는 자신이 하고 싶은 일을 해보겠다고 분연히 일어났다. 등장인물의 이름보다는 배우의 이름이 연이어 나온다.

"송승환이 아버지인데, 칼국수집에서 만난 사람과 재혼했어. 각자 자식을 데려왔고 새로운 가족이 만들어 진거야. 직업은 의사, 쟤는 어릴 때 사귀었던 전 남자 친구…."

아버지가 이야기를 이끌어 가시고, 어머니는 밀어주신다. 10분 정도를 듣고 나니 드라마 2회 분량 요약되었다. "아버지 저 사람은 왜 저러는 거예요?", "엄마, 저 사람 갑자기 왜 저래?"

내 질문에 아버지와 어머니는 즉각 답해주신다. 앞으로의 예측까지 붙여서. 소파에 앉았다. 드라마 하나 두고 우리 셋은 질문과 대답을 계속 이어갔다. 어머니와 아버지는 짧은 논쟁도 하신다.

주말 드라마 하나 두고 우리는 1시간 동안 이야기했다. 가게에서 퇴근한 동생도 드라마를 함께 본다. 내가 했던 비슷한 질문에 부모님은 마치 처음처럼 답해주신다.

드라마는 매개체다. 가벼운 이야기인 - 때때로 무겁다 - 드라마가 가족 대화를 시작하는 소재가 된다. 주말 드라마를 보시는 건 아마 이야기를 하고 싶었던 건 아닐까.

드라마를 보시면, 이제 옆에 앉아야겠다. 이야기하자는 신호일 테니.

"아버지, 엄마 저 사람은 누구야?"

할머니도 빠네를 드십니다

〈백패커〉를 즐겨 본다. 백종원과 아이들(?)이 가방을 하나 메고 어디든 가 밥을 한다. 군대에 가서 500명 밥을 준비하기도 하고, 어린이집 점심을 책임지기도 한다. 단체 급식을 하는 곳이라면 어디는 가, 어떤 음식이라도 만드는 백종원과 아이들. 백종원을 원하는 곳에 가 외친다.

"백종원 시키신 분!"

눈에 들어온 곳이 있다. 경상북도 예천. 시골이다. 우리가 생각하는 전형적인 시골. 푸르른 나무와 나지막한 집들이 있는 그곳에 백 선생님이 가셨다. 도착지는 미술관. 이른바 할머니 미술관인 신풍미술관이다.

할머니들은 예술가다. 마을 벽마다 흔적을 남기시고, 작품으로 미술관을 채우고 계셨다. 그림은 독일로 전시회를 가기도 했다. 할머니들에게 늘 좋은 음식을 대접하고 싶어 하시던 미술관 관장 주문은 다음과 같았다.

'MZ 세내가 즐겨 먹는 음식.'

백 선생님이 준비한 음식은 네 가지. 호박 크림수프, 치즈가 덮인 함박스테이크, 새우가 있는 빠네. 그리고 멜론 빙수. 서울에서도 뜨거운 장소에서나 만나 볼 수 있는 음식이 준비된다. 음식을 보며, 할머니 입맛에 맞을지 고개를 갸웃했다. 국도, 찌개도 밥도 없는 음식.

음식을 순서대로 내어가고, 설명이 이어진다. 내가 고개를 갸웃한 게 민망할 정도로 잘 드신다. 다 드시고는 할머니들은 한마디씩 하신다.

"우리가 오늘 이런 걸 먹어 보네~", "살다 살다 이런 음식 처음 먹어 봅니다.", "구십 평생 처음 먹는 음식입니다."

문장을 따라 도달한 결론 하나. '할머니도 빠네를 잘 드십니다.'

전형이 있다. 할머니, 할아버지, 어머니, 아버지들이 좋아하리라는 음식과 싫어하는 음식. 햄버거와 피자는 싫어하시라는 믿음. 한정식만 좋아하리라는 판단. 이번 영상을 보며 완전히 깨졌다. "그런 건 없다. 다만, 체험만 있을 뿐이다."라는 생각이 커졌다.

영상은 끝났지만, 머리에는 생각이 재생된다. '우리 부모님은 빠네를 아시나?' '혹시 똠얌꿍을 좋아하시려나?' '인도식 카레는 어떨까?' '멜론 빙수는?' 주문서가 길어진다. 부모님에게 그려진 전형이 머리에서 하나씩 무너진다. 영상 마지막 인터뷰처럼 스스로 물어보게 된다.

'나는 부모님에게 이런 거 한 번이라도 사줘 본 적 있나?'

그리고 어머니에게 여쭤본다. 이번 주 아버지와 함께 새로운 음식을 먹어보자고! 어머니도 아버지도 흔쾌히 동의하신다.

경험을 넓혀드리자. 전형을 부숴보자.

받은 세뱃돈, 드린 용돈

설날이 되면 부모님께 세배를 드린다. 매일 보는 사이지만, 의식과 같은 세배를 꼭 드린다. 인사를 받으시며 활짝 웃으시는 두 분의 모습을 볼 때마다 기분이 좋다. 할 때마다 하길 잘했다는 생각이 커진다. 올해도 아침에 세배를 드리겠노라고 말씀드리니 자리를 잡으셨다.

평소와 다르게 이번에는 용돈을 준비해 봤다. 노란색 봉투에 자그마한 돈을 준비해 넣었다. 돈에 대한 욕망이 이때만큼 커지는 날이 없다. 많이 드리고 싶지만, 여의찮으니 마음이 불편하다. 처음 드린 용돈이라 어머니도 아버지도 무척 놀라신 모양이다. 성공이다.

아버지도 환한 웃음을 보이시며 봉투를 건네신다. 다 큰 아들을 위해 세뱃돈을 준비하신 모양이다. 웃으며 새해에는 좋은 일만 있기를 기원하셨고, 난 건강하길 기도했다. 기분이 좋다.

조용히 내 방에 와서 금액을 확인하고 웃었다. 내가 드린 액수와 같았다.

　번뜩이며 떠오르는 이야기가 있다. "의좋은 형제" 단어를 바꿔
본다.

　"의좋은 가족"

　의좋은 형제 이야기를 잠깐 해보면 다음과 같다. 사이가 좋던 형
제가 있다. 형은 결혼하고 아이가 있었고, 동생은 혼자 살고 있다.
추수를 해, 집에는 일 년 동안 지낼 쌀이 있던 모양이다. 동생은
돌봐야 할 사람이 많은 형이 걱정돼 밤에 쌀을 옮겨 놓았다. 형은
미래가 창창 동생에게 도움이 될까 해 쌀을 옮겼다.

　서로의 쌀이 그대로인 것이 이상했을 텐데, 그 상황이 반복되
었다. 드라마라면 만나야 제 맛이다. 만나고 서로의 마음을 확인
하며 눈물을 흘렸다는 이야기다. 비슷한 이야기가 탈무드에도
있다고 하니, 전 세계에 비슷한 일이 있는 모양이다.

　그러한 일이 우리 가족에게도 일어났다. 서로 주고받은 돈이
같으니, 의미가 없어 보인다. 하지만, 주고받아 보니 아니다. 돈
은 그대로일지 모르지만, 서로의 마음은 오고 갔다. 주고받은 마
음은 그대로 남았다. 내 마음이 부모님에게 갔고, 나도 부모님
마음을 받으니 두 배가 되었다.

　큰돈이 아니지만, 준비한 마음을 알아주시고 기뻐해 주시는 부
모님. 아직도 다 큰 나를 돌봐주시는 부모님에게 감사하다. 큰마

음을 주시는 부모님 덕분에 마음이 세차게 진동한다.

의좋은 가족이라 행복하다.

그대는 누구의 우산입니까?

어머니와 함께 마트에 갔다. 카트를 밀면서 어머니 등을 보며 따라다녔다. 물건을 이리저리 둘러보며 간식을 노리고 있는데, 귀를 때리는 음악이 있다. 트로트 향이 옅게 있는 노래에 귀를 기울였다.

"어머니 이 노래 아세요?"

"알지 임영웅 〈이제 나만 믿어요〉야."

짧은 질문에 어머니는 노래 이야기를 이어가신다. 미스터 트롯 펜의 위엄이 느껴졌다. 음악은 어떤 글보다 어떤 말보다 강한 힘을 발휘하는 경우가 있다. 내 귀를 때린 문장이 있다.

"궂은비가 오면 세상 가장 큰 그대 우산이 될게. 그댄 편히 걸어가요."

노래 이야기를 멈추시고 어머니는 다시 메모지에 눈을 가져가신다. 물건을 찾아가신다. 난 그 뒤를 가만히 따라갔다. 노래는 끝났지만, 내 생각은 여전히 재생 중이다. 내 귀에 맴도는 노래가 하나의 문장이 되어 마음에 남았다.

'그대는 누구의 우산입니까?'

나는 누구의 우산일까? 부모님에게 우산을 씌어 드리고 있다고 생각했다. 조금이지만, 동생에게도 내가 우산을 펼쳐 씌우고 있다고 믿었다. 굳은비가 오는 날에도, 햇빛이 강해 얼굴이 탈 것 같은 날에도. 그렇게 내가 그들을 보호하며 지내고 있다고 여겼다.

누구나 나를 보고 어른이라 말하니, 당연히 내가 누군가에 우산이라 믿었다. 곰곰 생각하다 보니, 평온한 내 삶은 부모님의 우산 덕분이고, 동생의 우산 덕분이었으며, 선생님들의 우산 덕분이었다. 내가 그들의 우산이 아니라, 그분들이 내 우산이었다.

장을 마치신 어머니가 돌아보시며 말씀하신다.

"먹고 싶은 거 있어? 빨리 담아. 오랜만에 기회를 준다!"

고개를 끄덕이며 활짝 핀 웃음으로 답했다. 마음에서 문장이 새롭게 커진다.

"나도 누군가의 우산을 쓰고 있더군요."

잠시 꺼두셔도 좋습니다

외출했다. 구성원은 동생, 어머니 그리고 나. 은행 업무도 보고, 시장도 가고, 세탁소도 가는 일정이었다. 돌아다니다 떠오른 글감을 메모하고, 카카오톡과 메일로 온 연락에 답하며 걸었다. 나는 일 하나를 하면 자연스럽게 귀가 닫힌다.

동생과 어머니 등만 슬쩍슬쩍 보며 걷고 있는데, 동생이 갑자기 물어본다.

"그래서 오빠는 어떻게 생각해?"

멍한 표정으로 보고 있으니 어머니와 동생은 웃는다. 동생이 한마디 한다.

"똑똑똑, 거기에 갇혀 있나요? 어서 나오시길 바랍니다."

민망한 웃음을 지으며 휴대전화를 주머니에 넣었다.

볼 일을 다 하고 집에 가는 길에 옛날 광고 문구가 떠올랐다. "잠시 꺼두셔도 좋습니다." 배우 한석규와 스님이 대나무 숲을

거니는 광고다. 검색해보니 전체 문장은

"또 다른 세상을 만날 땐 잠시 꺼두셔도 좋습니다."

사실 급한 일이었을까? 카카오톡에 답하고, 이메일에 답장하는 일이? 아마 아니었을 테다. 가족과 함께하는 시간은 비교할 수 없을 정도로 중요한 순간이다. 종종 우리는 앞에 있는 사람을 두고 휴대전화에 갇혀 산다. 그 속에서 나와 사람과 이야기해야겠다.

"잠시 꺼두셔도 좋습니다."

제사 없는 명절 준비: 튀김 편

우리 집은 제사를 지내지 않는다. 그래도 어머니는 명절에 흔히 볼 수 있는 튀김이나, 나물을 어김없이 준비하신다. 장을 볼 때 매번 따라가지만, 이번에는 궁금증이 따라왔다. '왜 하실까?' 의문을 가진 채 시장으로 향했다.

명절에 뺄 수 없는 고기, 해산물, 과일을 잔뜩 샀다. 양손 무겁게 들고는 주차장으로 향했다. 무거운 물건을 내려놓고 갈 수 없으니 마음이라도 가볍게 하자는 생각에 '왜 하실까?'라는 질문을 했다.

"엄마, 제사도 안 하는데, 명절 준비는 왜 하는 거야?"

"늘 하던 거라. 20년 동안 하던 일이니까 안 하면 어색해서. 다들 명절 음식 먹는데, 우리만 안 먹으면 쓸쓸하기도 하고."

어머니는 20년간 명절 준비를 하셨다. 번뜩 떠오르는 감정이 있다. 바로 미움. 어린 나는 작은 어머니들과 고모들을 미워했다. 어머니만 일하는 것 같아서 품은 감정이다. 명절 준비라는 중노동에서 이제야 벗어나셨지만, 다시 하신다.

세사에서 벗어난 명절 준비는 기준이 달라진다. 바로 우리가 원하는 음식, 우리 입맛에 맞는 음식만 준비하면 된다. 언제 먹어도 맛있는 튀김은 제사 기준이 아니라 우리 입맛으로 선정되었다. 새우, 오징어, 고구마, 호박이다. 기름에 굽는 것도 있는데, 두부, 명태, 우리 집에서는 빨간 고기라 불리는 볼락과 가자미다.

어머니는 명태도 새우도 호박도 고구마도 손질을 끝내셨다. 손이 빠른 어머니다웠다. 부엌이라는 전장의 지휘관은 노련하게 지시를 내리신다. "물이 충분히 빠진 오징어, 새우에 밀가루를 묻히도록." 나는 지휘관 지시에 따라 재빠르게 움직였다.

튀김은 4단계를 거쳐 맛있게 거듭난다.

'밀가루 묻히기 → 물에 푼 튀김가루에 몸 담그기 → 튀기기 → 기름 빼기'

어머니의 설명이 이어진다. 밀가루 묻히기 단계가 필요한 이유는 재료가 가진 물기 제거 때문이라고 하신다. 물과 뜨거운 기름이 만나면 의도치 않은 폭죽을 볼 수 있다.

재료에 따라 튀기는 시간은 다르지만, 노련한 어머니는 튀김의 상태를 보며 뒤집고 꺼내길 반복하신다. 마지막 단계인 기름 빼기는 구체적으로 두 개의 단계로 나뉜다. 우선 주방용 건지기에서 충분히 기름을 빼곤 키친타월로 이동한다. 기름을 빼면 바삭함만 남는 튀김이 비로소 완성된다.

명태와 두부 그리고 생선은 굽는다. 명태는 이전의 튀김과는 다르게 계란을 푼물에 묻히는 단계가 있는데, 바로 고소한 맛을 내기 위함이겠다. 두부는 물을 충분히 빼고 소금을 쳐 잠시 재우곤 기름에 굽는다. 마지막으로 생선은 가자미와 볼락을 구웠는데, 철저히 가족의 기호를 맞춘 선택이다.

제사용 생선은 대가리가 있는 반면, 제사 없는 우리 명절에는 대가리가 없다. 조상에게 바치는 음식은 버리는 곳 없이 바쳐야 한다는 불문율 때문에 대가리를 버리지 않지만, 우리는 제거한 뒤 굽는다고 어머니가 설명하신다. 그런가 하고는 고개를 끄덕였다. 그렇게 노릇한 튀김도 구이도 완성되었다.

두 시간 남짓 명절 준비 1차전이 끝났다. 양도 가족이 먹을 양이라 적었고, 종류도 우리 기호에 맞게 하느라 많지는 않았다. 20년간 어머니는 어떤 명절을 준비하셨을까? 양도 종류도 많은 튀김을 준비하느라 분명 고되셨을 테다.

튀기며, 구우며 연신 맛있다고 외치는 나. 즐겁게 드시는 아버지. 나보다 높은 텐션을 보이며 먹는 동생. 이 광경이 어머니에겐 고된 일을 기꺼이 할 이유였나 보다. 어머니의 마음이 소쿠리에 가득 담겨 있다.

"어머니 진짜 맛있어요. 올해는 제가 도움이 된 거죠?"

제사 없는 명절 준비: 헛제삿밥 편

어머니는 제사가 없어도 명절 준비를 하신다. 습관처럼 그리고 우리가 쓸쓸하지 않도록. 튀김과 함께 반드시 같이 나오는 건 나물과 탕국이다. 나물은 다섯 종이 나오는데, 고사리, 도라지, 무채, 콩나물, 얼갈이 나물이다.

제사 음식 준비 방법으로 마련한 음식을 제사 없이 먹는 것을 헛제사밥이라고 한다. 보통 나물 몇 가지, 고기 그리고 탕국이다. 헛제삿밥은 안동과 진주에서 먹었다고 한다. 특징으로는 비빔밥에 고추장을 넣어 비비는 게 아니라, 간장으로 비빈다는 것이다.

제사 없는 명절 준비를 하는 우리 집에 딱 어울리는 메뉴가 헛제삿밥이다.

"제가 도와보겠습니다."라며 나섰지만, 이미 준비가 완료되어 있었다. 어머니의 20년 제사 준비 내공은 내가 할 일이 없게 했다. 손이 얼마나 빠르신지, 옆에서 돕는다고 왔다 갔다 하는 사이에 벌써 고사리는 완료되어 사진도 찍을 수 없었다.

나물은 2단계를 거친다. 손질 → 무침 또는 볶음. 손질은 간단하다.

도라지는 먹기 좋게 자른다. 콩나물은 한번 헹구는 것으로 끝. 고사리는 긴 건 자르고, 단단한 줄기 부분은 제거한다. 얼갈이가 약간 손이 가는데, 데치는 과정이 추가된다. 데칠 때에는 끓는 물에 소금을 넣으면, 선명한 색이 오랜 시간 유지된다고 한다.

다음 작업은 무침과 볶는 과정이다.

기본양념은 간장, 소금, 참기름, 소고기 다시다. 어머니의 손맛도 대기업의 기술이 필요하다. "조미료를 적당히 넣어야 맛이 난다."를 연신 강조하신다. 얼갈이 나물, 무, 고사리, 도라지는 기본양념을 넣고 조물조물 무친다. 양념과 한 몸이 된 녀석들에게 잠시 시간을 주는데 간이 배는 시간이라고 한다. 그런 뒤 중간 불에 볶아 익히면 된다. 콩나물은 무치는 과정 없이 바로 기본양념과 볶으면 된다.

이렇게 다섯 종의 나물이 완성된다.

탕국은 헛제삿밥에서 중요한 위치를 차지한다. 또, 내가 무척 좋아한다. 농담으로 한 달 내내 먹을 수 있겠다며 호기롭게 이야기할 정도다.

탕국은 쇠고기 뭇국의 일종으로 제사상에 올리는 국을 이르는 말이다. 시원하고 깔끔하며 부담이 없는 국이다. 두부가 한가득 있으면 금상첨화다. 탕국의 주요 재료는 소고기, 두부, 무이다.

탕국은 세 단계를 거친다.

소고기, 기본양념 그리고 무를 넣고 물을 자박하게 넣은 뒤 중간불로 끓인다. 보글보글 거린다면 두부와 물을 충분히 넣고는 끓인다. 이제는 시간이 탕국을 완성시킨다. 약한 불에 오랜 시간 끓이면 끝이다.

다시 등장한 조미료에 어머니는 손맛에는 조미료도 포함이라며 웃어 보이신다.

완성된 다섯 종의 나물과 탕국이 준비되면 큰 그릇이 필요하다. 따뜻한 밥에 다섯 종의 나물을 기호에 맞게 넣고, 탕국 국물두 숟가락 넣는다. 연이어 간장도 한 숟가락. 이제는 쓱쓱 밥알이 깨지지 않게 비빈다. 그럼 완성이다.

아쉽게도 먹는 일에 정신이 팔려 완성된 음식 사진이 없다. 이제 다 먹고 없으니 다시 찍을 길도 없다. 글을 다 적고 일어나 어머니에게 여쭤봐야겠다.

"어머니 우리 헛제삿밥 언제 또 먹어요?"

아니다. 내가 한번 해봐야겠다.

아버지께서 자연인이 되고 싶은 까닭

아버지는 자신의 고향으로 돌아가고 싶어 하신다. 〈나는 자연인이다〉의 시청 시간은 길어지시고, 곧 내려가리라는 다짐도 잦으시다. 아버지의 이야기를 들어보면, 은퇴하시고 귀촌을 준비하시거나, 이미 내려가신 분도 많다. 다들 자신이 살던 곳으로 가고 싶은 모양이다.

추석을 맞이해 가족과 함께 영화를 보기로 했다. 시간은 동생 가게가 문 닫는 오후 8시 이후. 우리 가족은 오후 7시 30분에 동생 카페에 모였다. 두런두런 이야기를 하다 귀촌 준비하시는 친구 분 이야기가 나왔다.

아버지 친구는 땅을 사셨다고 한다. 당장은 아니지만, 곧 내려갈 땅을 놀리기는 싫으셨기에 무엇이든 심어야지 싶어 고민을 꽤 하셨다고 했다. 당첨된 건 고사리. 서울에서 가끔 오갈 테니 관리가 쉬운 작물이라 선택하셨다고 한다. 농사를 시작할 때 친구는 아버지에게 수확하면 원 없이 고사리를 먹게 해 주겠노라고 장담하셨나 보다.

천 평 밭을 가득 채우기 위한 고사리 씨앗의 가격은 천만 원. 가끔 간 밭이 관리가 잘 된 턱이 없었다. 그렇게 1년이 흐르고 아버지 친구 손에 들린 고사리는 3 kg였다. 실패의 가장 큰 원인은 고라니. 고사리 싹이 조금이라도 보일라치면 고라니가 다 먹어치운다고 한다.

친구는 위로하지 않는다. 아버지는 놀리셨다고 한다. 조금만 달라고. 친구는 나도 아까워서 냉동시켜놓고 가끔 꺼내 만 본다고 하신다. "너한테 줄 게 없다."고 통보가 왔다. 우리 가족은 그 아저씨가 떠오르며 잠시 같이 웃었다. 이야기하는 아버지도 즐거웠고, 우리 가족도 한바탕 웃었다. 이야기 끝에 나는 한마디 붙였다.

"어우 1kg에 330만 원짜리 고사리는 못 먹겠다."

〈가치 들어요〉라는 프로그램에서 김창옥 교수의 이야기가 떠올랐다. 제목은 〈내 남편이 '자연인'을 본다면 이것〉을 의심하라!〉 영상을 요약하면 다음 정도겠다. 자본주의에서 사람은 끊임없이 자신의 위치를 평가받는다. 때가 되면 평가받던 위치에서 은퇴하게 되는데, 곧 상실을 의미한다. 상실과 함께 사람은 무력해진다. 그러기에 떠나고 싶어 한다. 은퇴하는 사람을 사회적 위치가 아닌, 존재 자체로 존중해줘야 한다로 결론짓는다.

감창옥 교수의 이야기가 〈나는 자연인이다〉를 보는 이유도, 귀촌에 대한 이야기가 잦은 신 것도 어렴풋이 알게 했다.

아버지와 아버지 친구 분들의 귀향은 아마 자신의 위치를 끊임없이 평가받는 상황 속에서의 탈출이고, 그렇게 모인 친구들과 이야기하는 건 평가를 하지 않던 시절로의 회귀이다. 귀향은 평가로부터 탈출이다.

'혹시 나는 아버지를 그 존재 자체로만 인정하고 존중했던가?'

재미있던 이야기는 나에 대한 반성으로 옮아갔다. 오늘은 아버지와 이야기해야겠다. 이것이 존중하는 방식인지 모르겠지만.

"아버지 바둑 한판 두실래요? 이 영화 재미있던데 같이 보실래요? 아버지랑 있는 게 재밌네요. 가시더라도 멀리 가진 마세요. 아버지랑 있는 게 재밌거든요."

어머니,
자식을 생각하면 무엇이 먼저 떠오르세요?

어머니는 〈미스터 트롯 2〉를 즐겨보신다. 이제 곧 결승전. 뜨거운 기운이 가장 높은 곳을 향해 가고 있다. 가끔 어머니와 함께 본다. 그날은 동생도 함께 했다. 트로트에는 진한 사연이 가득하다. 노래에 녹아 있는 가사를 가만히 느끼고 있다 보면, 리듬 사이에 있는 기구한 이야기가 들리는 듯하다.

노랫말이 동생 마음을 움직여 질문을 만들어낸 모양이다. 툭 하고 무심히 나왔다.

"엄마, 자식을 생각하면 뭐가 먼저 떠올라? 힘든 일이 떠올라 아니면 즐거웠던 일이 떠올라?"

어머니가 힘든 시간을 보내셨다면, 큰 몫을 차지하고 있는 나는 귀를 쫑긋 세우고 어머니를 바라봤다. 텔레비전에서 눈을 잠시 거두고, 동생과 나를 천천히 번갈아 보셨다. 입을 떼셨다.

"미안한 일이 제일 먼저 떠오르지."

자식이 준비한 질문과 두 개의 선택지에는 답이 없었다. 자식은 참 부모님을 모른다. 우리는 언제가 돼야 부모님 마음을 한 조각이라도 알게 될까? 누군가는 네 자식이 생기면 안다고 한다. 그때 그 마음이 부모님과 같을까? 난 지금 내 부모님의 마음을 알고 싶다.

　몇 개월 동안 어머니 곁에 있으며, 함께 밥을 먹고, 이야기도 참 많이 했다. 많이 알게 되었다고 생각했다. 착각이었나 보다. 아마 자식이 부모님 마음을 알기 위해서는 무척 오랜 시간이 필요하리라. 아니, 끝까지 모를 수 있다. 그분들이 우리를 생각하는 마음 한 조각이라도 더 알고 싶어진다.

　노랫소리는 잦아들고 다음 시간을 기약하는 진행자에 따라 〈미스터 트롯 2〉가 끝났다. 어머니를 가만히 바라보며, 조금이라도 어머니의 마음을 알아보려고 노력할 뿐이다. 여전히 자식인 내가 부모님 생각을 다 알지 못하겠지만. 동생과 나는 한 목소리로 물어본다.

　"아마 미안한 일이 아니겠지만, 뭐가 미안했어?"

2장

하마터면 놓칠 뻔한 시장

언제까지 할까? 그 걱정

웬일인지 오늘은 어머니께서 외식을 하자고 하신다. 나는 쾌재를 부르며, 대학 시절 때부터 단골인 순댓국밥집으로 어머니를 모셨다. 이른 점심시간이라 가게는 한산했다. 한 자리만 채워져 있다. 무엇을 먹겠냐는 사장님의 질문에 나는 돼지국밥을, 어머니는 내장만 있는 국밥을 주문하셨다.

음식이 나오기까지 이런저런 이야기를 하다 채워진 자리에서 들리는 소리에 자연스레 귀 기울였다. 자리에는 80세가 훌쩍 넘기신 어머니, 어머니를 모시고돈 두 명의 자매가 계신다(얼굴을 보면 '아~ 자매구나', '아~ 모녀지간이구나' 싶다. 유전자의 힘이란). 그들이 순댓국밥집에 온 이유는 요즘 체중이 줄어드는 어머니를 위해서였다. 좋아하시던 음식을 먹으면 기력을 회복하리라는 생각 때문인 듯했다.

세 명이 먹기에는 벅찰 정도의 음식이 자리를 가득 메운다. 각자 국밥 하나에, 순대와 내장 그리고 편육까지. 아마 자식이 어머니를 걱정하는 크기가 아닌가 싶다. 두 자매는 어머니의 체중을 시작으로 영양제를 거쳐 다니는 병원 이야기로 자연스레 이동했다.

"엄마 이거 먹어봐. 이거 맛있다. 남으면 포장하면 되니까 먹고 싶은 거 다 시켜. 그리고 내가 사 온 약 있지. 그거 그만 먹고 이거 먹어. 더 좋은 거 사 왔으니까 이제부터는 이거 먹어."

두 자매는 쉴 새 없이 건강 정보를 쏟아내고 어머니는 고개를 연신 끄덕이셨다. 자식은 어머니에 대한 걱정이 끝이 없는 듯했다.

마침 우리 음식이 나와 귀 기울임을 멈추고 먹기 시작했다. 맛이 한결같이 좋다. 옆자리에 다른 목소리가 채워졌다. 새로운 목소리를 따라 귀가 쫑긋했다. 이번에는 어머니의 자식 걱정이다.

운전 조심으로 시작한 이야기는 운동의 중요성, 음식을 가려먹어야 하는 것으로 이어진다. 다음 걱정은 너무 늦게 집에 들어가면 안 된다, 밥을 더 먹어라, 날씨가 갑자기 추워졌는데 왜 이렇게 얇은 옷을 입었냐는 걱정으로 점점 길어진다.

어머니와 내 국밥이 다 사라질 때까지 서로의 걱정은 계속되었다.

어머니와 딸의 걱정을 보며, 어머니에게 여쭤봤다.

"엄마는 언제까지 내 걱정할 거야?"

어머니는 피식 웃으시면서 말씀 하신다.

"관에 들어가도 하고 있을 거야! 아니다 다른 세상이 있다면 거기서도 할 거야."

나도 부모님 걱정을 좀 해야겠다. 받은 만큼은 돌려드리지 못하더라도, 흉내는 내야겠다.

"엄마 요즘에 운동 안 하는 것 같다. 나랑 운동하자."

이름을 알고 나면 이웃이 되고

어머니와 시장을 가게 되면 가끔 흩어지는 경우가 있다. 효율적인 장보기 때문인데, 어머니의 지시가 있다. 내게 할당되는 곳은 반찬가게, 정육점, 일반 상회 정도다. 제공하는 물건이 어머니 기준을 통과했기에, 나 혼자 가게에 물건을 살 수 있다.

자주 가다보니 장소로만 기억된다. 시장 2번 출구에서 직진하다 사거리 왼쪽에 있는 정육점, 공영주차장 돌아서 나와 첫 번째 골목에 있는 반찬가게, 정육점의 반대쪽에 있는 상회. 아무리 기억을 더듬어도 이름이 없다.

명절에 필요한 물건을 사러 자주 가게 되니, 마음에 불이 켜졌다. '이름이 있을 텐데.' '이번에 가면 가게 이름을 기억해야지'라며 올려다보았다. 반찬가게에도, 정육점에도, 상회에도 모두 이름이 있었다. 영수 반찬전문점, 시장 유통, 용천 상회.

나태주 시인의 〈풀꽃 2〉의 시가 생각났다.

이름을 알고 나면 이웃이 되고
색깔을 알고 나면 친구가 되고
모양까지 알게 되면 연인이 된다.
아, 이것은 비밀

이름을 알게 되니 이웃이 된 것 같다. 영수 반찬전문점인 걸 보니, 저분이 영수인가? 나이가 40대로 보이는 남자분과 뒤에 앉아 계시는 어머니로 추정되는 분을 보아하니, 저분이 영수인가 싶다. 아니다 영수 씨인가 보다.

가게 이름을 알게 되는 것만으로 조금은 더 가까워진 듯하다. 물론 나 혼자만의 내적 친밀감이 높아진 것이지만. 내적 친밀감 덕분에 조금은 더 큰 소리로 인사를 하게 된다.

이름을 안다는 것이 별일 아니지만, 친밀해지는 시작이고, 정이 가는 실마리가 되었다. 이제는 내가 가는 곳의 이름을 주의 깊게 봐야겠다.

이름을 알고 나면 이웃이 되듯. 그곳이 이웃이 되었다.

사람이 사라진 시장 주차장

시장에 있던 주차장 하나가 행정복지센터로 바뀌었다. 주차 수요를 맞추기 위해서인지, 자주 가던 주차장이 개선공사에 들어갔다.

"공사 중에는 주자 정산을 하지 않습니다. 불편하게 해 죄송합니다."라는 푯말을 본 지 보름. 이제 공사가 끝났다.

예전에 사람이 있던 정산소는 사라지고 "카드 전용"이라는 표지판이 크게 붙은 기계가 자리를 차지하고 있다. 백화점이나, 큰 주차장에는 당연한 시설이지만, 전통시장에 등장한 무인정산 시스템은 생경했다. 불현듯 떠오른 생각.

'일하시던 아주머니는 어디 가셨지?'

무인정산 시스템이 아주머니들을 밀어냈나 보다. 러다이트 운동이 생각난다. 산업화, 자동화가 사람을 밀어내는 일에 반대하는 극단적인 기계 파괴 운동. 저 녀석을 파괴해야 하나 싶다. 늠름하고 세련된 기계가 일하시던 아주머니를 대신한다. 가을바람

때문인지, 아니면 온기를 내던 사람 대신 차가운 기계 때문인지 처연하다.

시장의 고객들은 대부분 나이가 지긋하시다. 서투른 기계 조작 때문에 혼란이 일어났다. 주차정산을 하려 하니, 긴 줄이 서 있다. 맨 앞에 서 있는 할머니가 발을 동동 구르셨다. 아마 잘 안 되는 모양이다. '내가 가서 도와드려야 하나?' 하던 찰나. 낯이 익은 아주머니가 오신다. 능숙하게 몇 개의 버튼은 누르시고는 할머니에게 카드를 건네신다.

"할머니 정산이 안 되면 저기로 오세요. 저희가 도와드릴게요."

최근에 가보니 정산기 옆에 의자가 하나 놓여있다. 편한 무인 정산기가 불편하신 분들을 위해, 아주머니가 의자에 앉아서 도움을 주시나 보다. 편리한 세상을 거부하는 것도 아니고, 거부가 되는 것도 아니지만 그래도 사람이 곳곳에 필요하다.

별스럽지 않은 의자가 괜스레 따뜻해 보인다.

할머니와 아주머니가 다투는 까닭

어머니는 시장에 자주 가신다. 대형할인점에 비해 가격이 저렴한 점도 있고, 사람 냄새나기에 어머니는 시장에 가신다. 나도 동행을 하는데, 주차가 어렵고 궂은 날씨에는 번거롭다는 게 아쉽다. 주차는 시장 인근의 공영주차장에 간다.

어머니의 부름에 따라 함께 간 시장은 장날이었다. 장날에는 시장 곳곳에 할머니들이 좌판을 열고 물건을 판매하신다. 좌판이 깔리는 곳 중 하나가 공영주차장 주변이다. 그날도 양손 가득 장을 보고 주차장으로 향했다. 주차장으로 가까워지는 만큼 소란스러움도 커진다.

"할머니 그냥 주세요."

"안 돼. 조금만 기다려요."

아주머니는 달라고 하시고, 할머니는 조금만 기다리라는 실랑이가 이어진다. 아마 콩을 사러 오신 모양이다. 가까이서 보니 할머니는 빠르게 콩을 까고 계신다. 옆 가게(?) 할머니도 그냥 주라고 하지만, 할머니는 까딱도 하지 않으신다.

포기하신 아주머니는 돈을 할머니에게 강제로 쥐어 주시곤, 웃으며 앉으신다.

"알겠어요. 그럼, 저도 깔 테니까 조금만 더 줘요."

"안 까서 가져가면 불편하고 쓰레기만 생기니까……. 내가 까 줘야 마음이 편해……. 까지 말아 내가 할 테니까."

이 사태를 해결하는 건 빠른 콩 까기 뿐. 양쪽 가게(?) 할머니들도 나서신다. 실랑이 소리를 자세히 들어보니, 이제는 서로의 안부를 묻는 소리로 바뀌었다.

다투신 이유는 서로가 편해지라는 마음 때문이었으리라. 그 마음의 충돌은 눈살을 찌푸리게 하는 것이 아니라 미소 짓게 했다. 우린 때때로 가까운 이들과 충돌한다. 혹시 서로를 위하는 마음이 부딪치는 건 아닐까? 혹시 나를 위하는 마음을 오해하고 있었던 건 아닐까?

오늘도 불편한 시장으로 가야겠다.

'감주'가 '식혜'라고요?

대구에 갔다. 어머니, 동생 그리고 나. 동생 치아교정을 핑계로 어머니를 모시고 짧은 여행을 갔다. SRT를 타고 도착한 곳은 동 대구. 다시 온 지 7년. 그곳은 무척 변해있었다. 신세계 백화점이 위풍당당하게 서 있고, 아파트 단지가 우릴 맞이한다. 동생은 치 과에 다녀오고 어머니와 나는 잠시 사찰에 들렸다.

다시 만나 우리가 향한 곳은 서문시장이다. 시장 입구는 여전했 다. 시끌시끌했고, 따스한 사투리가 여기저기에서 흘러나온다. 시장을 잠시 거닐었다. 시장에는 먹을거리가 눈과 코를 사로잡았 다. 납작 만두와 떡볶이, 겉은 바싹, 속은 촉촉 호떡, 따뜻한 김이 올라오는 어묵. 그중 눈에 띄는 게 있었으니! 바로 '감주'였다.

어떤 가게에서는 감주와 식혜를 함께 쓰고 어떤 가게에서는 감주만 있다. 혹시나 해서 여자친구에게 전화를 걸었다. "혹시 감주가 뭔지 알아?" 여자친구는 의기양양하게 답했다. "알지, 그거 술이잖아." 대구에서는 식혜가 감주라고 하니, 처음 듣는다고 한다.

동생에게 여자친구는 감주가 식혜인지 모른냐고 이야기했다. 동생도 남자 친구에게 전화해 물어보니, 감주가 술이라고 답한다. 머리에 물음표를 띄우고 걸었다. 유혹하던 음식에 홀려 배는 꼬르륵하며 존재감을 드러낸다. 말하지 않아도 표정만으로 우리를 아시는 어머니. 우리를 수제비 가게로 안내했다.

그곳에 앉으니 이모님이 감주 한 잔씩 주시고 주문을 기다리신다. 달콤한 감주를 시원하게 들이켰다.

같은 말이라도 때에 따라 다르다. 식혜는 밥과 엿기름으로 삭혀 만든 발효음식이다. 지역에 따라 식혜라고 부르기도 하고 감주라고도 한다. 섞어서 쓰는 이유는 식혜의 발효 기간을 늘리면 달콤한 맛이 알코올로 바뀌기 때문이다. 또, 간혹 술을 드시지 못하는 조상님을 위해 제사상에 술 대신 식혜가 올라가기도 했기 때문이라고 한다.

내가 당연하다고 생각하며 쓰는 단어도 때에 따라, 지역에 따라 다른 뜻을 가진다. 감주는 술이라는 뜻을 가지기도 하고, 달달한 식혜가 되기도 한다. 식혜도 모음 하나가 바뀌면 식해로 전혀 다른 음식을 뜻하기도 한다.

우리는 대화한다고 생각하지만, 사실 서로 다른 뜻을 가진 단어로 올바른 소통이 되지 않는 경우가 종종 있다. 당연함을 전제로

한 대화는 삐걱대기 일쑤다. 지레짐작은 어긋남의 시작이 된다.

상대를 위한 말과 행동은 아마 사소한 것부터 묻고 맞춰가는 것부터 아닐까. 내게 당연하다고 상대에게도 당연한 건 없으니 말이다. 사소한 것부터 어긋나고, 자주 삐걱거리는 대화의 도착지가 좋을 리가 없다. 도착지에는 오해가 있을 수 있고, 혼선이 기다리고 있을 수 있으며, 왜곡이 자리 잡고 있을 수 있다.

소통은 조심하며 해야 한다. 그래서 어렵다. 같은 말을 하는지, 같은 뜻을 가진 단어인지, 상대를 위한 배려인지에 대해 깊은 생각이 필요하다. 같은 말이라도 때에 따라, 장소에 따라 다르다.

주문받은 이모님은 감주가 담긴 페트병을 들고 나와 눈을 마주치신다.

"감주 한 잔 더 주세요. 맛있습니다."

서문 시장에서 수제비 먹다가 생긴 일

*〈'감주'가 '식혜'라고요?〉와 같은 날입니다. 식혜를 한 잔 먹고 난 뒤 식당에서 일어난 일입니다.

어머니는 경남 김해에서 태어나셨다. 하지만 젊은 시절 오래도록 머문 곳은 대구다. 그래서인지 대구를 고향처럼 그리워하신다. 동생이 치아교정 때문에 대구 갈 일이 있다고 한다. 나는 이때다 싶어 어머니에게 함께 가자고 하니, 어머니는 오케이를 외친다.

날씨는 쾌청했고, SRT는 빨랐다. 오랜만에 탄 기차 덕에 여행 기분은 제대로 났다. 두 시간 남짓, 동대구에 도착했다. 바로 우리가 간 곳은 '서문시장'이다. 서문시장은 조선시대 중기부터 형성된 시장으로 섬유, 액세서리, 이불, 그릇, 청과, 건어물, 해산물을 취급하는 이른바 "없는 것 빼고는 다 있는" 시장이다.

아침 일찍 집에서 나왔고, 잠시 걸었더니 배고팠다. 어머니 안내에 따라 식당(?)으로 향했다. 도착한 곳은 '소문난 이모네 수제비'. 이른 점심시간 덕에 우리는 첫 손님이 되었다. 고추와 수저는 가득했다.

앉자마자 다가온 이모님은 가만히 주문을 기다리셨다. 우리는 칼제비, 수제비, 그리고 비빔국수를 시켰다. 물을 따르며 수저를 놓고 있는데, 부엌 쪽이 시끄럽다. 싸우는 듯 한 높은 목소리가 오간다. 가만히 들어보니 가게 간격을 두고 오가는 말싸움이었다.

옆 가게 아주머니께서 조금씩 물건을 옮기셨나 보다. 간격을 좁힌 아주머니는 나는 그런 적 없다고 일관하다, 이웃 가게 간에 의가 상한다며 되레 큰소리를 치신다. 언쟁은 언쟁이고 우리가 주문한 음식은 빠르게 나왔다.

우리가 밥을 반쯤 먹었을 때까지 그 언쟁은 끝나지 않았다. 오토바이를 타고 남성 한 명이 오셨다. 언쟁이 멈췄다. 그는 인사를 양쪽에 하곤, 두 분의 이야기를 듣는다. 주머니로 손이 간다. 카우보이가 총을 꺼내듯 줄자를 꺼내 든다. 줄자를 쭉 빼고는 무릎으로 한번 꺾더니 간격을 잰다. 그렇게 세 번을 이리저리 간격을 측정하곤 혼자 고개를 끄덕인다.

양쪽을 보더니 판사처럼 판결한다.

"사장님 간격을 좁히셨네. 왜 아니라고 우겨요. 그리고 사장님(소문난 이모네)은 5cm 정도 나온 거예요. 뭘 그렇게 소리를 내요. 간격은 원상 복귀하세요. 오후에 확인하러 옵니다."

판사 같던 남성은 오토바이를 타고 떠났다. 부산스럽게 짐을 옮긴다. 순대를 파는 가게 이모님이 싸우던 가게를 보고 소리치신다.

"몇 백 년 사는 것도 아닌데, 뭘 그렇게 싸워. 화합하며 살아."

뜨거웠던 언쟁은 이제 손님 소리로 바뀌었다. 손님이 가득 차 있다. 계산하고 나가 시장 안쪽으로 갔다. 북적거리는 사람 덕에 어머니와 바짝 붙어 다녔다. 액세서리도 사고, 납작 만두도 샀다. 그렇게 한 시간가량 머물다 나왔다. 아까 수제비 먹었던 곳을 지나쳐 가니, 다투던 두 분이 보인다.

응? 서로 웃으시며, 이야기하신다. 웃음소리가 크게 난다. 화해하신 모양이다. 갑자기 바뀐 공기에 고개를 갸웃하며 어머니에게 여쭤봤다.

"두 분 싸운 거 아니에요?"

어머니는 웃으시며 한마디 한다.

"가까이 함께하다 보면 부딪치며 서로에게 맞춰가는 거지. 다퉜다고 해도 몇 백 년 사는 것도 아닌데, 뭘 그렇게 싸워. 화해하면 좋지."

다툰 동생에게 먼저 사과를 해야겠다.

두 군데 반찬가게를 가는 이유

   반찬을 사 먹는다. 지난 30년 동안 밑반찬을 하신 어머니는 은퇴 선언을 하셨다. 어머니가 즐겨 가시고, 우리 집 입맛이 길든 곳은 두 곳이다. 한 곳은 '영수 반찬전문점', 다른 한 곳은 '청송식품'이다. 이름을 알고 나면 가까워지니, 쉽게 지나가지 못하고, 기억 서랍에 넣어둔다.

   가만히 보니, 영수 반찬전문점에서는 배추김치, 총각김치, 열무김치, 물김치만 사신다. 다른 것도 있지만, 사지 않으신다. 청송 식품에서는 오징어젓, 진미채, 콩자반을 구매하신다. 궁금해 여쭤봤다.

   "영수네에서 다 사시지 왜 나눠서 사세요?"

   어머니는 진한 웃음을 보이시며, 청송 식품에서 충분히 멀어지고 나서야 작은 목소리로 말씀하신다.

   "김치는 영수네가 맛있고, 젓갈이랑 마른반찬은 청송이 맛있어. 각자 잘하는 게 있는 거야."

각자 잘하는 게 있다. 나도 그러할 테다. 그런데, 가끔은 내 강점을 내버려 두고 단점만을 본다. '단점만 보완하면 좋겠다'라며 집착하게 된다.

구태여, 단점을 들어 다른 이들과 비교한다. 자존감은 내려가고, 마치 쓸모없는 사람이 된 것 같은 기분이다. 내 강점은 먼지가 쌓이고 이제는 보이지 않은 단계에 들어선다.

한 명의 인간이 모든 것을 잘할 수 있을까? 아마 없을 테다. 그럼 내 강점을 소중히 여기며 키워야 하지 않을까? 단점을 비교하기 시작하면, 사실 끝이 없다. 아주 작더라도 즐거운 일. 재미있게 할 수 있는 일이 내 강점이 아닐까? 강점으로 정할 기준은 다양하다. 기준을 정하기에 따라 내 강점은 반드시 드러날 테다. 내 장점에 관한 생각이 꼬리에 꼬리를 문다.

조용히 앉아 내 강점을 찾아야겠다.

내 얼굴에 책임지는 방법

 어머니를 따라 시장에 간다. 소란스럽고, 불편하지만 사람 냄새가 나는 그곳. 어머니를 따라 자주 가게 되니 눈에 익은 분들이 많아진다. 가게 숫자만큼이나 다양한 모습을 가진 사장님들을 알게 된다. 기억 사이를 산책하다 한 분 얼굴을 가만히 보게 된다.

 방앗간. 가게 앞에 서면 매운 냄새가 코를 찌르고 이내 눈을 아릿하게 한다. 고춧가루가 가득한 대야가 있다. 그 옆에는 고소한 기름병이 줄 서 있다. 냄새가 지나고 나면 항상 우리를 맞이하는 건 높은음의 인사 소리와 활짝 웃은 얼굴이다.

 "어서 오세요! 뭐 찾으세요?"

 그분의 활짝 핀 웃음이 나에게도, 어머니에게도 전염된다. 웃으며 고춧가루 한 근을 주문한다. 봉투를 받아 들고 돌아서는 우리에게 다시금 높은 소리가 들린다.

 "감사합니다. 또 오세요."

추운 날에는 추운 곳에서 장사하고, 더운 날에는 더운 곳에서 장사하는 시장. 거기다 매일 변화하는 매출, 가끔 이상한 사람들이 기분을 방해하는 그곳에서도 방앗간 사장님은 웃는다. 웃음이 얼굴에 고스란히 흔적을 남기고 선한 영향력을 미치며 살아간다.

그분은 자기 얼굴에 웃음이라는 흔적을 진하게 남겼다.

돌아가는 차에서 떠오르는 문장이 있다.

"마흔이 넘으면 자기 얼굴에 책임을 져야 한다.(Every man over forty is responsible for his face.)"

- 에이브러햄 링컨 -

자주 인용되고 듣는 말이다. 방앗간 사장님은 참 멋지게 얼굴에 책임을 지셨다. 불편한 시장이지만, 그분이 있기에 시장은 유쾌하고, 상쾌하며 즐겁다.

멋진 얼굴을 가지신 분들을 보고 있노라면 비슷한 점이 있다. 늘 웃으신다는 사실이다. 기쁜 일이나, 즐거운 일이 있기에 웃는 건 아니다. 그냥 웃으신다. 물건을 사려고 가까이 가는 순간부터 웃으신다. 웃음이 가진 힘으로 소리 높여 환영하신다. 물론 영업이라고 할 수 있지만, 많은 가게를 다녀본 우리는 안다. 영업이 가득한 웃음이라기보다는, 자신을 위해 웃는다. 그분들이 전하는 웃음은 커다란 영향력으로 나에게 왔다. 나도 어머니도 그렇게 활짝 웃었다.

방앗간에서 일하시는 그분처럼, 얼굴에 웃음이라는 흔적을 남기며, 책임지고 싶다. 웃을 일이 있어 웃기보다는 매일 웃으며 내 얼굴에 흔적을 남기고 싶어진다. 내 흔적으로 많은 이들이 조금이라도 좋은 영향력을 받으면 말이다.

아침에는 샤워하기 전에 거울을 보며 활짝 웃어봤다. 만약 보는 사람이 있었다면 이상한 사람이라고 슬슬 피했겠지만, 혼자 있으니 크게 상관없다. 샤워를 마치고 나와 다시 거울을 보며 활짝 웃어봤다.

머리를 단정히 하며 거울을 본다. 다시 웃었다. 얼굴에 웃음이라는 아주 작은 흔적을 남겼다. 저녁에 돌아와 세수하며 거울을 본다. 활짝 웃어본다. 웃을 일이 있어 웃는다기보다는 웃으며 웃을 일을 만들어 간다.

매일 웃으며, 내 얼굴에 책임을 지려 한다. 웃음이라는 흔적을 남기며. 시장에서 만난 웃음이라는 흔적을 얼굴에 담고 있는 그분처럼 선한 영향력을 남기길 바라며.

용인 시장 호떡집 사장님이 중얼거리는 이유

어머니께서 시장에 가자고 하신다. 아마 무거운 물건을 사야 하는 모양이다. 옷을 얼른 입고 자동차 열쇠를 짤랑거리며 나선다. 아무런 말없이 기꺼이 나온 내가 기특하신 듯하다. 양손에 물건 가득한 봉지를 들고 있는 나에게 한마디 하신다.

"점심 뭐 먹을래?"

중요한 순간. 곰곰 생각하다, 용인 시장에서 이름난 순대를 사 가자고 했다. 고개를 끄덕이시고 순대 거리로 발걸음을 옮겼다. 가는 길에 고소한 냄새가 코를 간질거린다. 냄새의 주인공을 바라보니 호떡집이다. 손님 한 명이 호떡을 한 봉지 사 가진다. 그때부터 사장님은 중얼거리기 시작한다.

"장사 엄청나게 잘된다. 기분 좋다."

고개를 갸웃하고는 순대 거리로 갔다. 아쉽게도 오늘은 쉬는 날인가 보다. 오던 길을 밟아 돌아가다 호떡집을 스쳐갔다. 중얼 거리는 소리가 들린다. 손님이 없는 빈 곳에서 사장님은 혼자 말씀하신다.

"장사 엄청나게 잘된다. 기분 좋다!"

계속 귀에서 맴도는 문장. '사장님이 왜 그러실까?' 중얼거림이 주문처럼 느껴졌다. 사장님은 오늘 하루를 위한 주문을 외우고 계신 모양이다.

사장님이 외우시는 주문은 내 마음에서 뱅뱅 돌았다.

아침에 일어나고, 일을 시작하며 마음을 다잡는다. 그래도 마음이 흔들리는 날이 있다. 진동하는 마음이 하루를 지배하고, 망치기도 한다. 좋지 않은 기분이 좋지 않은 일로 이어진다. 우리가 할 수 있는 일은 무엇일까?

바로 오늘 하루가 잘되길 바라는 마음. 그렇게 지내겠다는 태도뿐이다. 마음으로 태도를 정하는 일이 쉽지는 않다. 유치하지만, 구호를 외치는 일로 마음을 다잡기도 한다. 낮게 읊조리는 주문도 좋은 방법인가 보다. 사장님은 이제 하나를 판매했지만, 오늘 하루가 잘되길 바라는 주문을 계속 외우셨다.

주문은 긍정 확언이자, 좋은 태도를 가지겠다는 다짐이 된다. 나도 사장님처럼 주문을 외워야겠다. 어떤 하루가 나에게 올지 모르지만, 나는 주문을 외워본다.

"모든 일이 잘된다. 기분 좋다!"

3장

하마터면 놓칠 뻔한 주변

긴 작별인사의 이유

종종 여자친구를 환승역 주차장에서 만난다. 여자친구는 지하철을 타고, 나는 차를 운전하니, 만남의 접점으로 참 좋다. 이번에도 환승역 주차장에서 만나기로 하곤, 운전대를 잡았다. 가는 길이 더뎠다. 시간은 착실히 흘러가 약속 시간에 가까워지고 있지만, 내 차는 전혀 움직이지 못했다. 반면, 여자친구가 탄 지하철은 막힘없이 빠르게 다가왔다.

지하철 도착 5분 전. 나는 늦지 않기 위해 서둘러 주차하곤 빠른 걸음으로 갔다. 지하철 환승역으로 내려가는 에스컬레이터가 눈에 들어오자 그제야 안도의 숨을 몰아쉬곤 발걸음을 늦췄다. 늦춘 발걸음 앞에는 어머니와 함께 있는 아이가 몸을 있는 대로 크게 하며 손을 흔들고 있었다.

"이모! 잘 가!"

함께 손을 흔들던 어머니는 이만 가자고 재촉했지만, 아이는 계속 손을 흔들었다. 한참을 멈추지 않았다.

"이모~! 다음에 보자! 꼭이야."

어머니와 아이의 뒤편으로 지나가자, 멀리서 뒷걸음치며 손을 흔드는 '이모'가 보였다. 아이의 어머니는 이제 가자고 했지만, 아이는 멀어지는 이모를 향해 두 번의 "잘 가"를 더 외쳤다. 아이는 어머니의 기분을 알아차리고는 마지막으로 손을 힘차게 흔든 뒤에야, 지하철 에스컬레이터 쪽으로 발걸음을 돌렸다.

"지하철 놓치겠다. 가자."

아이 어머니는 들었는지 모르겠지만, 작은 소리로 아이는 땅을 보며 말했다.

"아쉬워서 그래. 이모랑 헤어지는 게 아쉬워서⋯."

아이는 몇 번이고 뒤를 돌아보고 나서야 지하철을 타러 갔다.

작별 인사를 길게 한다는 건 아쉬움을 온몸으로 표현하는 일이다. 아이는 이모와 긴작별 인사로 그 아쉬움을 전했다.

긴작별 인사가 나에게도 가끔 있는데, 바로 부모님이다. 내가 가는 길에 마중을 나오셔서는 룸미러에서 사라질 때까지 그 자리에 계시는 모습. 아마 아들과 긴작별 인사를 하고 계셨으리라. 떠나간다는 아쉬움을 온몸으로 드러내시며 말이다.

그들의 긴작별 인사에 나도 긴작별 인사로 화답해야겠다. 나도 아쉽다고.

뭐 하러 걱정까지 가불해

단골 카센터가 있다. 세어보니 8년이나 되었다. 흰 백발의 사장님은 책 읽기를 좋아하시고 유쾌하시다. 가끔 오가며 영업하시는 모습을 보곤 하는데, 어느 날 노란색 건물이 바로 옆에 들어서고 있었다. 시간에 지남에 따라 노란색 건물의 정체를 알게 되었다. 바로 타이어 전문점.

'사장님 타이어도 취급했던 것 같은데…'

엔진오일을 교체할 시기가 왔다는 알람이 차에서 반짝인다. 카센터로 방문하라는 신호다. 오랜만에 들린 카센터에는 여전히 큰 목소리로 환영하는 사장님이 계신다.

"왔어? 차에 무슨 문제 있어?"

"아뇨 엔진오일 교체하러 왔습니다. 추석 잘 보내셨어요?"

"그럼, 잘 지냈지. 추석 때도 영업했어. 집에만 있으면 우울해서 말이지."

사무실로 들어가 기다리라는 사장님의 말에 따라 자연스레 발걸음을 옮겼다. 크로스백에서 읽던 책을 꺼내 읽으며 기다렸다. 20분쯤 지났을까? 계산을 도와주겠다고 하셨다. 이 틈에 궁금하던 노란색 건물에 대해 여쭤봤다.

"옆에 타이어 전문점 들어왔는데, 괜찮으세요?"

"아~ 그거. 내가 가지고 있던 타이어 그쪽으로 다 넘겼어. 그 친구들이랑 잘 지내야지. 나보다 타이어 전문가이기도 하고. 거기선 차량 정비가 안 되니까, 타이어 보러 왔다가 차 정비가 필요한 사람들은 이쪽으로 보내 주겠지."

역시 대인배 사장님이라 생각하며 고개를 끄덕였다. 그래도 염려는 되었다. 걱정스러운 내 눈빛을 알아차리신 걸까? 카드와 영수증을 건네주며 한마디 하셨다.

"문제가 생기면 그때 생각하면 되지. 뭐 하러 걱정까지 가불해. 난 가불 안 해." 환하게 웃는 모습으로 나를 보내주셨다.

'뭐 하러 걱정까지 가불해. 난 가불 안 해.'

그 말이 가슴에 참 오래갔다. 나는 종종 걱정을 가불한다. 가불된 걱정은 현재의 불안으로 교환된다. 사장님은 아직 오지 않은 그리고 안 올지도 모를 걱정 따윈 신경 쓰지 않으신다. 의연한 태도는 한순간에 나온 건 아닐 테지만, 나도 흉내 내고 싶다.

"걱정 가불 하지 말아야지."

내가 가는 길이 틀렸다는 내비게이션

가까운 길도 가끔은 내비게이션을 켜고 간다. 잘 아는 길도 주의를 기울이며 가려는 마음 때문이다. 불편한 점이 있는데, 내비게이션이 가라는 길과 내가 가고자 하는 길이 다를 때다. 친절한 목소리의 그녀는 계속해서 유턴을 요구한다. 그곳은 잘못된 길이라고.

내 말을 들을 리 없는 그녀에게 대답한다.

"이 길도 맞는 길입니다."

하지만, 계속해서 유턴하라고 한다. 한참을 가다 보면 더 이상 유턴할 곳도 없어지고, 하나의 길만이 남는 순간이 온다. 그제야 그녀의 유턴 외침은 멈춘다.

내비게이션이 지난 추석을 떠오르게 했다. 추석에는 내가 가는 길에 관심을 가지는 분들이 참 많아진다.

"이 길보단 저 길이 빠르다."

"이 길이 더 안전하지."

"저 길은 앞으로 더 좋은 길일 거야. 내가 뉴스에서 봤어."

"지금이 마지막으로 유턴할 기회야."

"그리고 네가 가는 길은 틀린 길이야."

자기 경험에 비추어 좋은 길을 제시하신다. 그분들이 말씀하신 길이 최단 경로일 수도 있고, 막히는 길을 피해 가는 최적 경로일 수 있다. 나의 20~30대는 일하거나 공부하거나라는 경로에서 크게 벗어나지 않았다. 석사, 박사 과정을 거쳤고, 취직해 직장을 다녔다.

그러다 내가 하고 싶은 걸 하고자 경로에서 이탈했다. 가까운 이들은 아무도 경로 이탈이니 유턴하라는 말은 하지 않지만, 조금 먼 이들은 여지없었다.

"너 경로 이탈했어. 돌아가. 이 길은 최적 경로도 최단 경로도 아니야."

내비게이션처럼 유턴을 끝없이 외친다.

내비게이션에 한 말을 그분들에게 돌려주고 싶다.

"이 길도 맞는 길입니다."

"한마디 더 하자면, 틀린 길이 아니라 다른 길일뿐입니다."

안경이 내게 적응하는 시간

가족이 모두 안경을 쓴다. 나와 동생은 어린 시절부터 안경을 썼고, 어머니 아버지는 6~7년 전부터 쓰기 시작하셨다. 여러 안경원을 거쳐 안착한 곳이 있다. 오래된 건물에 있지만, 내부는 무척 깔끔하다. 최근에 안경을 새로 했는데, 말썽을 부린다. 한번을 다녀왔지만, 거슬릴 정도로 아파 다시 방문했다.

"사장님 또 왔습니다."

"이번엔 어디가 불편하세요?"

걱정스러운 눈빛으로 내 안경을 바라보셨다. 내가 어디가 아픈지 말하기도 전에 안경을 받아 드시곤, 오른쪽 귀를 가리키신다.

"오른쪽 귀가 아프시죠? 잠시만요."

사장님은 능숙하게 유리모래 가열식 전기 히터기에 안경을 서너 번 넣다가 빼시곤 집게 걸이에서 코 집게와 투 패드 집게를 이용해 이리저리 만지신다.

"어떻게 바로 아셨나요?"

"이걸로 먹고 사는데 알아 야죠"하시며 빙그레 웃으신다. 만지시는 와중에 이것저것 여쭤봤다. 몇 개의 집게 이름과 안경을 정비하는 기기 이름을 알게 되었다. 안경을 씌워보시곤 다시 만지신다. 사장님의 손을 거치니 한결 편해졌다.

"사장님이랑 있을 때는 괜찮은데 나가면 또 아플까 봐서 걱정이에요."

"안경도 낯설어서 그래요. 고객님한테 적응 중이라 그런 거예요. 적응하는 시간 동안에는 서로 조금 거슬리죠. 아프시면 또 오세요. 정성을 들이면 곧 편해질 겁니다."

말씀하시며, 초음파 세척기에 안경을 담가 깨끗하게 닦아 주셨다.

새로운 안경이 낯설었나 보다. 말썽을 피우더니, 이제는 편해졌다. 안경도 나도 익숙해지나 보다. 새로운 환경이든 사람이든 처음에는 불편하다. 불편하고 거슬린다는 건, 아마 적응하는 시간을 보내고 있다는 증거가 아닐까. 조금은 익숙해진 안경에 한마디 해야겠다.

"앞으로 잘 부탁한다."

달보고 들어가요

추석이다. 동생이 하는 가게는 추석 당일만 쉬고 영업한다. 가끔 퇴근하는 동생을 데리러 가는데, 오늘이 그날이다. 추석 연휴 첫날이라 아직 각자의 고향으로 내려가지 않은 사람이 많았는지, 아니면 나이가 지긋한 동네라 사람들이 모이는 곳인지, 동생은 바쁜 하루를 보냈나 보다. 동생의 눈빛은 공허했다.

가게에서 출발한 지 15분. 집 도착. 주차하곤 무거운 짐을 양손 가득 들고 내렸다. 출입구에 1층에 사시는 어르신 내외가 나와 계셨다. 우리 남매는 밝은 모습의 가면을 쓰곤 인사를 드렸다.

"안녕하세요!"

"그래요."

부드러운 음성으로 우리의 인사를 받으시곤 미소를 보내셨다. 나와 동생은 집으로 가는 발걸음을 재촉했다. 가던 우리를 향해 어르신이 한마디 하신다.

"달 보고 들어가요. 오늘 달이 무척 커요."

고개를 들어 하늘을 봤다. 검은 하늘에 홀로 떠 있는 달은 구름에 가렸지만 밝게 빛났다. 구름의 움직임을 보니 조금만 지나면 더 잘 보일 것 같아 그렇게 서 있었다.

"오늘이 100년 만에 가장 둥근 보름달이야." 어르신의 짧은 설명에 "아~"라는 답을 하며 5분 정도를 서 있었다. 커다란 달 표정을 가만히 바라봤다. 복잡하던 생각이 사그라든다.

"감사합니다. 들어가 볼게요. 추석 잘 보내세요."하곤 집으로 들어왔다.

하늘을 올려다보며 휴식이라는 동그란 알약을 처방 받았다. 어르신이 본 우리는 지쳐 보였기에 하늘에 뜬 달로 여유라는 약을 처방해 주셨다. 잠시 멈춰 오롯이 자신만을 위한 시간을 보내라고 말이다.

힘든 오늘을 지낸 나에게 주는 처방. 누구에게도 방해받지 않고 하늘에만 집중하는 순간. 하늘을 본다는 건 바로 나에게 집중하고 짧은 여유를 가지는 일이었다.

힘든 하루를 보낸 이들에게 나도 그 처방을 하고 싶다.

"달 보고 들어가세요."

차장님이 믹스커피를 권하는 이유

아버지와 어머니는 커피믹스를 즐기신다. 주방에는 커피믹스가 한자리를 차지하고 있다. 점심을 먹고 어머니가 드시는 커피믹스를 보고 있으니, 회사에서 있었던 일이 김처럼 피어올랐다.

벤처기업에서 일할 때였다. 다른 부서에 부장님, 차장님이 계셨는데, 간혹 함께할 일이 있었다. 참 좋으신 분들이셨다(현실에 있을 것 같지 않지만, 두 분은 인간적으로나 일로나 모두 존경할 만한 분들이셨다). 회의가 끝나면 차장님은 꼭 내게 커피 믹스를 권하셨다.

"차장님 괜찮습니다."

내 단골 멘트였다. 그렇게 몇 번을 사양하니, 서운하였나 보다.

"내가 권한 건 먹고 싶지 않은가 봐. 한 잔만 마셔줘."

아차 했다. 즉각 "한 잔 주세요."로 답했다. (다시 말씀드리지만, 두 분 다 무척 좋으신 분들이다. 아마 거절했다고 하더라도 웃으시면 넘어가셨을 테다.)

커피를 한잔하며 차장님이 입을 떼신다.

"이야기하고 싶어서 그랬어. 이야기할 기회가 있어야지."

일은 어떤지, 별일은 없는지를 물어보신다.

"내 딸이 공부를 열심히 하고 있거든, 내가 공부를 해봤어야지. 공부를 많이 하고 잘했으니까, 내가 뭘 해주면 될까?"

내가 아는 한 성심성의껏 말씀을 드렸다(공부를 오랜 한 것이지, 잘했다고는…). 차장님과 나는 그렇게 한참을 이야기했다.

차장님의 커피믹스는 신호였다. 혹시나 불편할까 봐 자신이 생각하기에 편한 방법으로 권했으리라. 차장님은 커피믹스로 내게 대화를 신청하셨던 것이었다.

먹지 않던 커피믹스를 한잔 먹어야겠다. 누구한테 권해볼까?

대화를 신청합니다.

2022년 마지막 맥도날드 초코콘

맥도날드 초코콘을 좋아한다. 지나가다 맥도날드 드라이브스루가 있다면 생각하지 않고 들어간다. 기계 너머로 인사가 들리고 나면, 바로 말을 이어간다. "초코콘 두 개 주세요." 앞으로 이동하라는 말에 즐겁게 움직인다. 준비된 초코콘을 받아 든다. 행복한 10분이 지나면 나에게는 맥도날드 종이만 한 장 남게 된다.

참 자주 먹었다. 여자친구도 나 때문에 자주 먹었다. 자주 먹은 초코콘에는 서로 다른 이야기가 담긴다. 더운 여름에 시원한 기억, 꼬독꼬독하게 씹어 내며 재잘거리던 추억, 부드러운 아이스크림을 먹으며 말했던 이야기. 내게는 추억이 가득한 아이스크림이다. 최근 충격적인 소식을 듣게 되었다.

"맥도날드 초코콘 애플파이 내년부터 판매 중단"

아쉬웠다. 실망했고 슬퍼졌다. 초코콘을 함께 자주 먹은 여자친구에게 기사를 공유했다. 내 마음을 아는 여자친구는 올해가 가기 전에 자주 먹어 두자며 위로했다. 슬픔을 보이는 이모티콘과 알겠다는 말을 전했다.

그리고 2022년 12월 30일. 마지막 초코콘을 먹었다.

추운 겨울도 상관없었다. 사진도 찍고 여자친구와 지난날 초코콘에 묻어 있는 추억을 생각하며. 10분 뒤, 손에는 맥도날드 종이만 덩그러니 남았다. 내 생각 정원에 사라지는 것에 관한 생각이 심겼다.

영원한 것이 있을까? 하나 확실한 일은 모든 것, 모든 일에는 끝이 있다는 사실이다. 나도, 어떤 사람도, 어떤 물건도, 어떤 생각도 사라지기 마련이다. 우리는 가끔 끝도, 사라지는 일에 대해서도 잊고 산다. 그러기에, 사라지는 순간이 찾아오면 마음이 진동한다. 지진이 난 것처럼 혼란스럽다.

나도 한동안 잊고 지낸 모양이다. 초코콘이 이렇게 사라질지 몰랐다. 다시금 느끼게 된다. 모든 것은 사라진다는 사실을. 가족도, 나도, 친구도 모두 사라질 수 있다. 아니, 사라진다. 다만, 기억만은 내 안에 남게 된다. 초코콘은 사라지지만, 기억이 담긴 추억은 내 마음에 남게 된다.

아무리 소중한 것도 사라짐을 잊지 말자. 그리고 사라지는 것에 절망하지 말자. 허무주의에 빠지는 것이 아니라 그 순간, 현재를 소중히 여기며 오래도록 기억하자. 추억으로 새겨두자. 그 일만이 내가 할 수 있는 일이다.

오늘도 하나씩 내 곁에서 사라지는 것. 그리고 사라질 수 있는 것을 보며 살아낸다.

기억하자. 추억하자. 마음에 새겨두자. 현재에 집중하자. 그럼, 조금은 더 오래 남아 있을 테니.

악수를 하는 이유

코로나19가 여전히 기승이다. 아직도 가까운 이들이 일주일간 격리가 되기도 한다. 친한 친구도 코로나에 걸렸다. 접촉이 곧 감염이라는 공식이 여전하다. 모든 접촉은 죄악시되고 있다.

코로나19가 없던 시절 나는 악수를 꼭 했다. 처음 만날 때나, 이야기가 끝나고 헤어질 때. 둘 중 하나에는 꼭 악수했다. 사람에 따라 반응이 꽤 다르다. 어떤 분은 웃으며 기꺼이 맞아 주시고, 또 어떤 분은 꽤 당황해하며, 머뭇거리다 악수한다.

그래도 나는 손을 쭉 뻗어 악수를 청한다.

"만나서 반갑습니다."

"만나서 반가웠습니다."

코로나19가 끝나면 나는 다시 악수하고 싶다. 악수는 공간을 공유하고, 시간과 온도를 나누는 일이기 때문이다.

악수의 시작은 분명하지 않다. 두 가지 이야기가 내려온다. 하나는 고대 바빌론에서 시작된다. 신성한 힘이 깃들어 있는 통치자의 손으로 힘을 전했다는 전설. 다른 이야기는 악수를 하여 손에 무기가 없다는 사실을 확인하는 방법에서 내려왔다고도 한다. 어찌 되었든, 악수는 사람 사이 접촉을 하는 일이다.

나에게 악수는 '기억'이다. 손이라는 피부를 직접 맞대는 일이다. 손이 따뜻한 사람이 차가운 사람에게 온도를 전할 수도 있고, 손이 차가운 이들이 손을 맞잡아 온도를 올릴 수도 있다. 접촉으로 온도를 나누고, 높이는 기회가 된다.

신성한 힘까지는 아니더라도, 온도를 전할 기회. 악수하는 순간 공간과 시간을 공유했다는 기억. 서로 이 순간을 기억하고, 서로를 기억하자는 표시처럼 느껴진다. 그래서 나는 만나는 사람과 꼭 악수한다.

악수하며 마음으로 되뇐다.

'나를 기억해줘. 너를 기억할게.'

매년 크리스마스가 즐거운 이유

　여자친구를 만나 특별해진 날이 있다. 바로 크리스마스. 크리스마스가 있는 주간에는 캐럴이 차에서 울려 퍼진다. 우리는 서로에게 보낼 편지를 준비하고, 선물을 고민한다. 매년 편지에 적히는 내용은 달라지고, 선물은 변한다.

　크리스마스가 되면 의식을 거행하듯, 두 가지 일을 한다. 맛있는 음식을 준비하고, 재미있는 영화를 본다. 올해는 마라 통삼겹살구이와 〈나이브스 아웃: 글라스 어니언〉. 밥을 먹고, 영화를 보는 의식이 끝나면 준비된 선물과 편지를 교환하는 것으로 크리스마스 행사를 장식한다. 몇 번의 크리스마스가 지나갔다. 다른 선물, 다른 편지가 매년 내게 남았다.

　여자친구가 준 선물은 삶 곳곳에 스며들었다. 내용이 다른 편지를 시간이 지난 지금 가만히 보니 다른 의미로 다가온다. 서로 다른 삶을 살다, 하나의 삶으로 하루하루를 지내는 날이 길어질수록 우리는 깊게 엉킨다. 이제는 서로의 추억이 서로를 강하게 묶어내고 있다.

이제는 지난 크리스마스를 추억하는 일로도 즐겁다. 덩달아 지금 크리스마스를 준비하는 일도 즐겁다. 곰곰 생각하게 된다. 크리스마스가 갈수록 즐거워진다. 왜일까? 생각 정원에 심어둔 이야기가 무럭무럭 자라났다. 연말이 되니, 열매를 맺고 나에게 이야기를 건넨다.

시간이라는 녀석이 같은 날에다가 다른 색을 칠한 덕분이다.

모두에게 주어진 날이지만, 사람에 따라 무척 다른 기분으로 다가온다. 같은 날이라도 시간에 따라 다른 느낌으로 다가오기도 한다. 같은 날에 다른 색이 칠해진 일 때문이리라.

여자친구는 나를 위해 가방을 선물했다. 짐을 편하게 들고 다니라는 마음을 담아 색칠했고, 나는 편지에 실링 왁스를 찍으며 나만의 색 전달했다. 매년 다른 색을 칠하다 보니, 시간이 지나갈수록 멋진 색이 된다. 색이 모여, 내게 크리스마스는 여자친구와 내가 만든 독특한 색이 되어 진하게 빛을 낸다.

특별한 색을 보며, 다른 날도 찾게 된다. 부모님과 함께 만든 색은 무엇일까? 친구와 만든 색은 무엇일까? 많은 기념일이 있다. 별일 아니라고 생각하며 넘어갈 수 있는 날이다. 이제는 그냥 그저 그런 날, 그리고 사회가 만들어 놓은 날, 돈을 벌기 위해 만들어 놓은 날이라고 취급하며 넘어가지 않으려 한다.

가족과 함께 친구와 함께 날에 색을 칠하고 싶다. 그렇게 어떤 색이 만들어질지 궁금하고, 시간이 지나감에 따라 어떤 색으로 변할지 궁금해 하면서 말이다.

하는 일 없어도 마음으로 버텨주는 일

〈태조 왕건〉이라는 드라마가 있다. 이십 년 전에 종영한 대하 사극이다. 고려를 세운 태조 왕건 이야기다. 보통 밥을 먹을 때, 보곤 한다. 역사가 스포일러라, 집중해서 보지 않아도 이야기 흐름을 따라가는 것에는 문제가 없다.

어머니와 밥을 먹으며 보던 드라마를 식사가 끝난 뒤에도 디저트처럼 그대로 이어서 봤다. 지나가던 대사가 귀에 들어왔다. 장군 두 명이 이야기하는 장면인데, 기억나는 대로 적으면 다음과 같다.

"일이 이렇게 진척이 되었다니, 정말 대단한 일이외다."

"아니옵니다. 저는 단지 지키는 일만 했을 뿐입니다. 저는 한일이 없사옵니다."

"하는 일이 왜 없소이까. 자네는 마음으로 버텨주는 일을 하셨소이다."

마음으로 버텨주는 일. 대사를 듣자 몇 사람이 머리를 스친다.

혼자서 헤쳐 나가야만 하는 일이 있다. 옆 사람이 애달프고, 안쓰러워도 해줄 수 없는 일. 혼자 감당해야 하는 일. 마음을 무너뜨리는 일. 그때 가족과 친구들이 마음으로 버텨주는 일을 해줬나 보다. 그들이 지나가는 대사 곁에 서있다.

마음으로 버텨주는 이들에게 나도 그들 마음의 지지대가 되었는지 살펴봐야겠다.

하는 일 없어도 마음으로 버텨줘야겠다.

이천 백송과 반룡송을 아시나요?

아버지께서 부쩍 '이천 백송'이야기가 잦으셨다. 주말에 어머니와 동생은 약속으로 나가니, 집에는 아버지와 나뿐이었다. 아버지께서 은근히 말씀하셨다.

"오늘 점심은 나가서 먹자. 맛있는 곳 찾아봐라."

나는 휴대전화를 뒤적거리다, 모범음식점이라는 인증 받은 식당을 찾아 아버지에게 보여드렸다. 오케이를 외치시곤, 우린 모범음식점으로 향했다. 식사를 주문하고 기다리는 시간에 아버지는 휴대전화로 보고 계셨다. 고개를 들어 휴대전화를 내 앞에 내어 놓으신다.

"이게 이천 백송이라는 나무야. 이백 년이 넘었지. 어떤 분의 묘 옆에 심겨 있는 나무야."라며 설명하신다. 검색을 해봤더니, 오래된 나무긴 했다. 음식이 나왔다. 감흥 없이 휴대전화를 내려 놨다.

식사가 끝나고 아버지는 먼저 나가셨다. 커피믹스 한잔을 곁에 두고 담배를 피우시며 앉아계셨다. 몇 분 뒤, 담배를 끄시고, 휴대전화를 유심히 보신다. 사진을 보여주시며, "이천 백송이 있는 자리가 좋은 터야"라며 설명을 이어가셨다.

이때 알았다. 가고 싶으신 거구나. "내일 가시죠. 어머니에게도 여쭤볼게요. 안된다면 둘이 가면 되지요. 가는 김에 맛있는 것도 먹고, 주위도 둘러보고 오죠." 소식을 가족에게 전했다. 어머니는 된다고 하시고, 동생은 안 된다고 했다. 그렇게 우리의 짧은 여행이 기획되었다.

하필 비가 온다. 그래도 갔다. 비는 잦아들다가 거세지길 반복했다. 다행히도 이천에 가까워질수록 약해져 갔다.

처음으로 도착한 곳은 이천 백송이었다. 비가 온 날은, 오히려 묘한 분위기를 연출했다. 물을 머금은 백송은 당당히 그 자리에서 우리를 맞이했다. 나무 모양은 우산을 펼쳐놓은 형태로 대각선으로 뻗은 몸통에 굽어진 나뭇가지가 보였다. 아버지와 어머니는 주위를 돌며 사진을 찍으셨다. "좋다."라는 말과 함께.

다음 목적지는 '반룡송'이었다. 이천 백송은 알고 계셨지만, 반룡송은 생소하신 아버지는 크게 기대는 없으셨나 보다. 가는 길도 큰 도로에서 밭을 지나는 길이라 어수선했다. 아버지의 의심은 한층 깊어졌다. 도착한 반룡송 앞에 우린 잠시 멈칫했다.

이천 백송이 주는 기운과 다른 모습 때문이었다. 반룡송은 옆으로 자라 있었고, 이름처럼 용이 이리저리 몸을 비튼 듯했다. 거기다 알림판에는 신성함을 더하려는 지 신라 말 도선 대사 이름도 있다.

어머니와 아버지는 이번에도 사진 찍기에 바쁘셨다.

한참을 보시던, 아버지는 "좋네."라는 말과 함께 밥 먹으러 가자고 하신다. 두 그루의 나무를 보고 오는 길이 좋았다.

부모는 자식에게 부탁하기 어렵다. 가족과 가고 싶다고 말씀하지 않으시고, 좋은 곳이 있다고 말씀만 하신다. 이번에 겨우 알아들어 가게 된 짧은 여행에서 본 두 그루 나무는 부모님 같았다. 한 자리에서 변함없이 있으시며, 자식을 기다리는 부모님.

긴 세월을 견뎌내며 자신만의 모양을 만들어낸 나무. 긴 세월을 견뎌내며 자신만의 모양을 만들어낸 부모님. 소나무 껍질처럼 우둘투둘한 부모님의 손을 한번 잡으며 말씀드려야겠다.

"아버지 어때요? 어머니 괜찮죠? 우리 또 갈까요?"

떡살에 대하여

목적지는 이천. 이천 백송과 반룡송을 본 다음 목적지는 이천 시립박물관이었다. 이천 시립박물관은 조용했다. 도자기문화역사실, 근대문화실, 역사 문화실이 있다. 우리가 먼저 들린 전시실은 특별전이 열리는 곳이었다.

특별전 입구에서 우리를 맞이한 건, 수(帥, 장수 수) 깃발이었다. 장군의 존재를 알리는 그 깃발에 힘을 느끼며 지나니 〈빗장을 열다〉라는 제목이 보였다.

옛날 다리미부터 의복까지 있는 전시장을 천천히 산책하듯 걸었다. 그러다 발길을 멈추게 한 전시품이 있었는데, 떡살이다. 떡살은 떡에 무늬를 찍어내는 도구이다. 떡에 살을 박는다고 말한다. 매끈한 떡에 주름살을 넣는다는 의미일까? 가만히 보고 있는 내 뒤를 지나시는 어머니가 한마디 하신다.

"참 많이 썼다. 떡살."

마음에는 다양한 무늬가 있다. 다채로운 떡살로 매일 마음에 살을 박아 넣은 덕이다. 칭찬 떡살, 감사 떡살, 자신감 떡살, 욕 떡살, 험담 떡살, 후회 떡살, 다짐 떡살… 매일, 매 순간 떡살이 내 손에 쥐어진다. 가까이에서 보면 아름다운 무늬가 차례로 찍혀있기도 하고, 때론 좋지 않은 무늬가 찍혀있기도 하다.

내 마음에는 흔적이 가득하다. 아름다운 무늬만 있는 건 아니지만, 한 발 떨어져 보니 무늬가 퍽 아름답다. 내 앞에 있는 떡살을 유심히 보다 하나를 들어, 내 마음에 찍는다.

"오늘은 감사 떡살로 시작하자."

자신의 일에 진심인 사람들

기획자는 아버지. 오늘은 가까운 사찰에 가자고 하신다. 도착지는 용덕사. 용덕사는 산꼭대기에 있는 절이다. 올라가기가 무척 힘들다. 무릎이 아프신 어머니와 허리가 불편하신 아버지는 충분히 갈 수 있다며, 장담하셨다.

차도 힘겨워한다. 겨우 올라가 주차했다. 아직 끝이 아니다. 가파른 길을 오 분 정도 올라가니, 그제야 사찰이 보인다. 그렇게 올라간 법당에서 내려다본 광경에 가슴이 뻥 뚫렸다. 여기가 끝인가 했지만, 아니었다. 다행히도 어머니와 아버지는 더 올라가겠다는 뜻을 거두시곤, 조금만 있다가 내려가자고 하신다.

평소에 보던 사찰과 다른 점이 보였는데, 바로 벽이었다. 벽에 있는 돌들은 아귀가 딱딱 맞았다. 자연의 돌 모양을 최대한 살리며 퍼즐처럼 맞춘 벽이다. 빈틈이 없어 보인다. 직선으로 만든 벽도 놀라웠지만, 곡선으로 흐르는 벽은 대단하다는 소리가 연신 나온다.

어머니께서 의식을 치르시는 동안, 아버지와 나는 그 벽을 따라 걸으며 자세히 봤다.

"진짜 돌 장인이 만든 벽이다."라며 감탄하시는 아버지는 손으로 만지시며 보셨다.

"틈이 없고, 딱딱 맞는 거 봐라. 우둘투둘한 것 보이지? 이게 기계사용을 최소한으로 했다는 증거야. 작품이다. 작품!"

잘 모르는 내가 봐도, 꼼꼼히 만든 벽이라는 것이 느껴졌다. 의식을 치르시고 내려오신 어머니는 벽을 보시곤 한마디 하셨다.

"자기 일에 진심인 사람은 다 보인단다."

내려가던 길에 '난 진심이었던 때가 있나?'라는 생각이 불현듯 들었다. 자기 일에 진심인 사람은 숨기려 해도 티가 난다. 자신 일에 진심인 사람들은 누군가 알아 달라고 하지도 않는 듯, 일 자체에만 집중한다.

집으로 돌아가기 전, 이마트를 들렸다. 박스가 가지런하게 키 순서대로 서있고, 만들어진 박스도 줄을 서서 손님을 기다리고 있다. 아. 여기서도 만났다. 자신의 일에 진심인 사람을. 자신의 일에 진심인 사람을 만나면 여쭤보고 싶은 게 있다.

"무엇이 자신의 일에 진심으로 만들었나요?"

답을 듣게 된다면, 나도 내 일에 진심이 되고 싶다.

아이로 태어났다가 아이로 돌아간다

　어머니께서 몸이 불편하신가보다, 한의원에 가자신다. 어머니를 한의원 앞에 내려 드리고, 가까운 공영 주차장에 주차하고 간다. 도착한 한의원. 어머니는 이미 진찰을 마치시고, 침을 맞으시는 모양이다. 대기실에 앉아 읽다가 만 책을 꺼냈다.

　신경이 쓰이는 할머니 한 분이 계셨다. 한 분씩 이름이 불리며 들어갔지만, 할머니는 여전히 대기실에 계셨다. 앉아 계시기가 불편하신지 이리저리 자세를 바꾸셨다. 목도 거북하셨는지, 계속해서 가다듬으신다. 그렇게 30분 정도 흘렀을까? 초록색 옷을 입으신 중년 여성이 나오셨다. 어머니와 딸인가 보다.

　"엄마, 침을 맞고 나니 훨씬 편해. 화장실 안 가도 돼?"

　같은 말을 반복하시며, 크게 말한다. 눈을 맞추고 손짓을 크게 하신다. 화장실을 가신다는 할머니 손을 꼭 잡고 천천히 발걸음을 옮기신다. 그렇게 잠시 내 시야에서 사라지신 모녀. 곧 돌아왔다. 중년 여성은 할머니를 편안한 자리에 앉히시고 큰 소리로 말씀하신다.

"엄마 이제 곧 끝나. 15분 정도만 기다리면 되니까 잠시만 참아주세요."

할머니는 고개를 끄덕이시고는 가라는 손짓을 하신다. 할머니에게 시선을 거두고 다시 책에 집중했다. 시간이 금방 흘렀나 보다. 딸은 이내 나와 할머니에게 오셨다. 이번에는 무릎을 굽히고 시선을 맞춘다.

"엄마 덕분에 편안하게 진료 받았어. 이제 집에 가자. 고마워."

추운 날씨에 대비하기 위해 모자를 씌우고, 지퍼를 높게 올린다. 딸은 어머니를 한번 다시 찬찬히 살피신다. 어머니와 딸은 손을 꼭 잡고 한의원을 나서셨다. 그 광경을 보고 있으니, 어머니가 나오신다. 한결 편안해지신 표정으로. 계산하는 뒷모습을 보고 있으니, 어머니가 자주 하시는 말씀이 떠오른다.

'아이로 태어났다가, 아이로 돌아간다.'

딸은 어머니를 혼자 둘 수 없었으리라. 그래서 모시고 나오셨을 테다. 집에만 있으면 심심하고 가끔 세상 공기를 쐬기 위해서. 같이 와준 엄마에게, 덕분에 진료 잘 받았다고 말을 전한다.

귀가 안 들리는 어머니를 위해 큰 소리로 또박또박 눈을 맞추고 이야기한다. 혹시나 추울까 봐 지퍼를 올려주고 모자를 씌운다. 걷는 속도를 온전히 어머니에게 맞추며 걸어간다. 불편한 게 있을까 계속해서 묻는다. 아이에게 하는 것처럼.

'우리는 아이로 태어났다가, 아이로 돌아간다.'

아이가 태어나면 부모님은 온몸과 마음을 다해 돌본다. 다치지 않게 조심히 속도를 맞추어 걷고, 의사 표현이 어려운 아이를 위해 가만히 지켜본다. 시간이 지나고 약해지신 어머니를 딸은 아이처럼 온몸과 마음을 다해 돌본다.

곰곰 생각하게 된다. 나도 그러한 일을 할 수 있을까? 한의원에서 한결 편안해진 어머니 발걸음에 맞춰 걸어 본다. 괜히 불편한 곳은 없는지 눈을 맞추고 말을 걸어본다. 춥지 않은지 지퍼를 올려 잠그라고 말하기도 한다. 다시 머리에 울려 퍼진다.

'우리는 아이로 태어났다가, 아이로 돌아간다.'

받은 만큼 돌려 드릴 수 있을까? 라는 생각이 함께 자라난다. 마음을 다잡는다. 우리가 아이일 때, 부모님이 한 것처럼은 아니더라도, 아이로 걸어가고 있는 부모님에게 최선을 다하리라.

칭찬해주는 대로 성장한다

　여자친구와 영화를 본다. 영화관에서 보기도 하고, OTT 서비스를 이용해서 보기도 한다. 이번에 선택된 영화는 〈아메리칸 셰프〉이다.

　주인공은 칼 캐스퍼. 최고 레스토랑에 총괄 셰프다. 시작부터 그는 위험하다. 스스로 메뉴 결정을 하지 못하고 가게 대표와 다툰다. 각진 단어를 고르고 날카로운 문장을 만든 평론가에게 무참히 깨진다. "트위터는 인생의 낭비"라는 말이 떠오른다. 트위터로 친 사고에 대한 청구서 캐스퍼 손에 들린다. 해고다.

　인생 대부분이 요리였던 사람이 요리를 못하게 되었다. 칼은 방황한다. 요리하고 싶어 그는 처음으로 돌아간다. 그렇게 시작한 일이 푸드 트럭이다. 주된 음식은 쿠바식 샌드위치. 칼은 즐겁다. 삶에 중요한 부분인 가족도 요리로 되찾게 된다. 미국 전역을 돌아다니며 샌드위치를 판다. 그렇게 그는 재기한다.

　영화에 나오는 음식에 침을 꼴깍거린다. 영화는 눈과 귀 그리고 마음을 배부르게 했다.

여자친구가 가져온 영화는 실패가 없다. 성공률은 100%에 가깝다. 영화를 추천한 그녀에게 감사했다. 그리고 궁금했다. 어떻게 재밌는 영화를 잘 고르는지. 내 물음에 그녀는 오히려 나에게 고맙다고 한다.

"칭찬해줘서 그래. 그래서 더 찾아보게 되고 재미있는 영화를 정해 오는 거야."

칭찬이 영화를 보는 눈을 성장시킨 모양이다. 칭찬은 좋은 영화를 선정해오는 힘이 되고, 그 영화로 다시 칭찬받는 선순환이 이뤄지고 있었다. 칭찬하는 대로 그녀는 성장했다.

그녀의 시작에 나는 칭찬으로 응답했다. 그럼 다른 일은 어떨까? 그리고 나는 어떨까? 나도 칭찬하는 대로, 다른 일도 칭찬으로 성장할 수 있지 않을까? 나는 그렇다고 답하고 싶다.

칭찬은 우리를 성장시키는 동력 중 하나이다. 사람은 칭찬하는 대로 성장한다. 타인뿐만 아니라 나에게도 성장을 위해서는 칭찬이 필요하다. 나도 다른 사람도 긍정적인 변화를 원한다면 충고가 아니라 칭찬을 먼저 해주자. 나도 그들도 모두 칭찬하는 방향으로 성장할 것이다.

덮어두고 칭찬하자. 그럼, 그들은 칭찬하는 대로 성장한다.

저축한 신뢰를 쓰는 중

　새로운 가족을 맞이한 친구를 오랜만에 만났다. 아이 선물도 주고 어떻게 지내는지 궁금해 짧게라도 만나자고 했다. 오랜만에 만난 친구는 약간 핼쑥해진 듯했다. 친구는 가까운 카페로 나를 안내했다.

　아이스 아메리카노와 요구르트를 주문하고 앉았다. 나는 잊기 전에 태어난 아이의 선물을 주고는 요즘 안부를 물었다. 온갖 이야기가 오간다. 전셋집 이야기, 직장 이야기가 길어진다. 글을 쓰겠다고 말했다. 아무에게도 말하지 않은 사실을 친구에게 알렸다.

　너에 대한 글을 조금은 쓰겠다고 선언했다. 친구는 아무렇지 않은 듯, 선선히 승낙했다. 별일 아니라는 듯, 바로 이어 경제 이야기 투자 이야기를 했다. 이야기는 꼬리에 꼬리를 물고 길어졌다. 가벼운 마음으로 물어본 질문 하나.

　"부모님도, 여자친구도 내가 퇴사하고 글을 쓰는데, 아무도 걱정을 안 하더라. 너도 그렇고. 왜 그런 거야?"

친구는 조금 남은 커피를 한 번에 마시곤 웃으며 말한다.

"신뢰가 있거든. 너 지난 10년간 열심히 살았어. 그 신뢰를 차곡차곡 저축해둔 거야. 그래서 지금 위험해 보이지만, 너의 판단을 믿는 거지. 지금 그 저축한 신뢰를 쓰고 있는 거야."

'아'하고 친구를 빤히 바라봤다. 친구는 일어서며 한마디 한다.

"저축된 신뢰가 무한한 건 아니니, 성과를 보여줘. 사실 걱정 안 된다. 너는 충분히 성과를 보일 테니까."

아내와 아이에게 가야 한다며, 내 잔까지 들어 정리한다. 걸어가는 친구에게 한마디 했다.

"같이 가자."

다들 나를 믿고 있음을 이제 알았다. 내가 내린 판단을 믿고 모두가 기다려 주신 거였다. 나를 믿어 주시는 모든 분에게 낯 간질여서 하지 못했던 말이 있다. 지금도 속으로만 되뇐다.

'믿어주셔서 감사합니다.'

이게 마라 전골인가?

'마라탕' 길에 들어선 건 지금으로부터 4년 전이다. 여자친구 손에 이끌려 간 곳에는 처음 맡은 향으로 가득했다. 얼마나 맛있기에 이렇게 추천하는지, 얼마나 대단하기에 인기인지 궁금했다. 매콤하고 알싸한 맛이 처음에는 낯설었으나, 이따금 생각나는 맛이 되었다. 이제는 단골 마라탕, 훠궈 가게가 있을 정도다.

얼마 전 여자친구는 또 다른 메뉴를 추천한다. 마라 전골! 그녀의 추천에 고개를 끄덕이고는 날짜를 잡아갔다. 퇴근 시간은 어디든 막힌다. 맛집이라 혹시나 자리가 없을까 안절부절 하며 갔다. 다행이 넉넉한 자리가 우리를 맞이했다.

능숙하게 주문하는 그녀. 마라 전골, 달걀 볶음밥, 깐풍기. 익숙한 달걀 볶음밥과 깐풍기를 먹고 있으니, 산처럼 우뚝 솟은 고기산이 놓인다. 열을 가하며 기다리자 고기는 점차 내려앉았다. 조금 더 시간이 지나니 생경한 마라 전골이 모습을 보인다.

정말 맛있다는 소리를 열 번은 한 것 같다. 그렇게 빠르게 먹었다. 알싸한 맛은 강했고, 매콤한 맛은 강렬했다. 건더기가 줄어들 때쯤, 여자친구는 더 맛있는 것을 보여주겠노라 하며 추가 주문을 한다. 이번에는 중화면. 다 먹었다. 처음에 낯선 음식이었으나, 이내 익숙해졌다.

모든 일에는 낯선 단계가 있다. 마라탕과 마라전골이 그랬던 것처럼. 시도하지 않으면, 낯선 일은 여전히 낯선 일이 된다. 낯선 일에서 벗어나려면 시도하는 수밖에 없다. 시도해야지 비로소 알게 된다. 이게 나와 맞는지 그렇지 않은지.

만일 그녀가 없었다면, 나는 아직도 마라탕이 낯선 상태로 있으며, 그 중국 음식? 이라며 고개를 돌렸을 테다. 누구나 처음은 낯설다. 낯선 건 피해야 할 일이 아니라, 한 번은 시도해보라는 일이다. 그렇게 시도해보고 나와 맞지 않는다면, 다른 낯선 것을 찾으면 될 테다. 시도는 낯선 일 중 내게 맞는 일을 찾는 과정이다.

내 취향을 찾아가는 일을 도와주는 그녀에게 고맙다고 해야겠다.

"우리 마라 전골 먹으러 가자!"

도로에서 고된 삶을
끌고 가시는 분에 대하여

비슷한 시간, 똑같은 구간을 운전한다. 익숙한 풍경을 보게 된다. 풍경 속에는 늘 사람이 있다. 눈길이 머물지 않고 쉽게 지나가는 분이 있는가 하면, 어떤 분은 눈을 거두기 어려워 계속 보게 되는 분이 있다.

2차선 도로, 불법 주차도, 위법 정차도 가득한 좁은 길. 신경 써서 가야 하는 구간이 있다. 어떤 날은 유독 더디게 차가 움직인다. 조급한 마음을 진정하고 있다 보면 큰 길이 눈에 보인다. 이제 빨리 갈 수 있겠다는 마음이 온다. 동시에 저 멀리, 차가 더디게 간 이유가 보인다.

'폐지와 상자가 가득한 손수레.'

자신의 키를 훌쩍 넘긴 상자 더미. 손수레를 천천히 끌고 가신다. 고개는 아래로 숙이고 온 힘을 다해 앞으로 간다. 아직 시린 날씨. 곁을 천천히 지나다 보니 땀이 계속 떨어진다. 바쁜 시간임에도 누구도 클랙슨을 누르지 않고 지나간다. 속도를 늦추며.

다음 날은 내가 조금 일찍 나온 덕분인지, 보지 못했다. 그다음 날에는 내가 조금 늦게 나온 덕분인지, 볼 수 있었다. 볼 때마다, 곁을 지날 때마다 누구도 클랙슨을 울리며 재촉하지 않으신다. 나도 그랬다. 몸은 바쁘게 가지만, 내 생각은 그의 곁에 머문다.

좁은 길을 갈 때, 무척 답답하다. 거기다 불법 주정차가 있으면 차를 피해야 하니 신경이 곤두선다. 답답함과 곤두선 마음이 만나면 이내 짜증으로 바뀌고 표출하고 싶은 마음이 드릉드릉한다. 그 마음이 막힌 도로를 뚫어내진 못하지만 말이다.

내 앞차도, 뒤차도 그런 마음이 가득할 테다. 하지만, 그런 마음을 가지고 있음에도 누구도 손수레를 보면 재촉하지 않는다. 내 곁에 머문 생각과 재촉하지 않는 이유가 합쳐진다. 그리고 내린 결론.

고된 삶을 이끌어가는 그. 차 안에 있지만, 고된 삶을 이끌어 가는 나. 서로의 마음이 같기 때문 아닐까? 짧은 시간, 그저 지나가는 시간에 같은 마음을 보고 느낀다. 할 수 있는 일은 재촉하지 않기. 기다리기. 그 두 가지로 고된 삶을 이끌어가는 그분을 뒤에서 밀며 응원한다.

오늘도 아마 손수레를 자기 삶 무게만큼이나 무겁게 이끌어가는 그를 볼 테다.

나도 그저 기다리며, 재촉하지 않으므로 밀어드려야겠다.

[속보] 퇴사라는 탈선, 인생 지연 중

여자친구가 여행을 위해서 대전행 SRT를 타러 갔다. 회사에서 SRT 역까지 거리가 멀고, 열차 시간까지 촉박해 내가 데려다주기로 하고 픽업을 하러 갔다. 오후 6시 01분 그녀는 회사 정문에 나타나 내 차를 향해 달려왔다.

"어째?"하며 보여준 휴대전화에는 '[속보] SRT 탈선, 열차 지연 중'이라는 뉴스가 보였다.

"일단 가보자." 당찬 여자친구는 말을 이어간다. "대전 가는 버스가 있는지 확인해볼게."라는 말과 함께 SRT 역으로 달려갔다.

황급히 주차하고 역으로 들어가니 사고가 났음을 바로 알 수 있었다. 자신이 탈 기차가 오지 않아 기다리는 승객들로 북적거렸다. 에어컨 작동이 될 테지만, 많은 사람을 감당하긴 어려웠나 보다. 실내는 무척 더웠다.

더워진 실내를 데우는 승객들을 진정시키고자, 자주색 유니폼을 입으신 직원들은 보상에 대한 팸플릿과 부채를 나눠 주셨다.

그걸로 미지근한 바람을 내고 있으니, 방송이 나왔다. 방송 내용은 늦게 온 기차이지만, 하행이신 분들은 입석으로 타면 된다고 한다. 판단력이 빠른 여자친구는 예약했던 버스를 취소하곤 1시간 내외니, 대전까지는 서서 갈 수 있다며 이걸 타고 간다고 했다.

그녀를 기차에 태우곤 집으로 돌아가는 길에 '탈선한 SRT가 지금의 내가 아닐까?'라는 생각이 스쳤다.

"[속보] 퇴사라는 탈선, 인생 지연 중."

다들(?) 하는 퇴사니 내가 한 퇴사가 특별한 일은 아니겠다. 다만, 다들 자신의 기찻길 위에서 열심히 달리는 모습을 보고 있자니, 나는 탈선한 기차 같았다. 뉴스의 단신으로 "[속보] 인생 탈선, 삶 지연 중"이라고 나올 것 같다. 거기다 퇴사의 시작이 비장한 각오라기보다는, 내가 하고 싶은 일을 일 년 정도 하며 살겠다는 결심 정도였다. 이번이 아니면, 다시는 내가 하고 싶은 일만 하며 살기 어려우리라는 생각도 있었다.

박사학위를 받은 순간, 논문이 통과된 순간은 기뻤다. 그리고 그 선로는 미래가 보장돼있는 듯해 보이기도 했다. 하지만, 과정은 무척 힘들었고 행복과는 거리가 멀었다. 가파른 경사로를 올라가는 느낌이었다. 반면, 회사 생활에서는 내 발전이 있기를 기대하긴 어려웠고, 정해진 시간에 나와 정해진 일을 하는 일의 반복일 뿐이었다. 완만한 경사로를 내려가는 느낌이었다.

탈선한 지금은 매일 글을 쓰고, 좋아하는 책을 읽고 있다. 때때로 동생의 서점 겸 카페에 나가 북 큐레이터의 역할도 하고 있다. 매주 아버지, 어머니와 마주해 인터뷰하며, 그들의 삶을 되짚어가고 있다. 부모님과 이렇게 긴 대화를 한 적이 있나 싶다. 지금까지 해온 일 중 가장 즐겁다. 돈이 된다기보다는 개인의 만족이 참 크다.

적다 보니, 사실 탈선한 게 아닌가 보다. 탈선이 아니라 인생이라는 내 열차가 분기기로 들어가 선로를 바꾸고 있을 뿐이었다. 분기기에 들어간 열차는 사고가 나지 않게 천천히 가는데, 이게 마치 인생이 지연되는 것처럼 보였나 보다.

뉴스 제목을 바꿔야겠다. 속보는 떼고 "퇴사라는 분기기* 진입, 인생 속도 조절 중."

빠르던, 느리던, 어느 선로에 가던, 어디에 도착하던, 내 삶이다. 빠르다고 내게 적합한 도착지에 간다는 보장이 없다. 사회가 모두 인정한 선로라 하더라도 탈선이라는 사고가 날 수 있고, 사회에 흔치 않은 선로라도 내가 원하는 목적지에 간다면, 그것도 괜찮은 일이 될 수도 있다.

모두 자신만의 기찻길을 따라갈 뿐이다. 내 삶은 탈선이 아니라 인생 분기기에 들어선 건 아닐까?

---

*분기기: 철도에서 차량을 다른 선로로 옮길 수 있도록 선로가 갈리는 곳에 설치한 장치.

서울의 교통체증을 잊은 커플에게 예약이란 없다

여자친구에게는 두 개의 명절이 있다. 생일과 크리스마스. 그날은 긴 기획 기간을 거친다. 오랜 기간 회의를 하기도 하고, 다 된 기획을 엎기도 한다. 그 자체가 이미 재미있는 일이 된다.

올해 기획의 주제는 '체험'이었다. 우선 일 년에 한 번, 그동안 모아둔 돈으로 파인 다이닝 (fine dining)을 가는데, 생일이 그날로 정해졌다. 다음 일정으로는 도자기 만들기 체험. 소비만 하는 날이 아니라 함께 무언가를 만드는 체험이다. 생산자로의 경험을 공유할 수 있기에 만장일치로 선정되었다. 마지막으로 갤러리. 문화를 체험하자는 의미로 넣었다.

선정된 곳은 'Room 201', 'AA 세라믹 스튜디오', '의외의 조합'이었다. 파워 계획형인 나는 모든 일정이 빈틈없이 되었다는 사실에 안심했다. 하지만, 영화 클리쉐처럼 안심한 녀석이 먼저 죽는다.

서울로 진입하는 데다, 강을 건너가야 되니 일찍 나섰다. 2시간

일찍 출발했다. 나는 과거에서부터 배운 일을 기억했어야 했는데….

"역사를 잊은 민족에게는 미래는 없다."
이 말을 바꿔 그때의 나에게 하고 싶다.
"서울의 교통체증을 잊은 커플에게는 예약이란 없다."

양재는 그야말로 엉망진창이었다. 내비게이션에 찍힌 여유시간이 점차 줄어든다. 조급해졌지만, 차는 움직이지 않았다. 침착한 여자친구는 레스토랑으로 전화를 걸어 늦을 거라는 통보를 했다. 괜찮다고 한다.

30분이 흘렀지만, 아직 한강을 건널 다리도 보지 못했다. 30분 지각이 확정되었다. 다시 전화한 레스토랑에 더 늦을 것 같다고 하니, 조심히만 오라는 응답이 왔다.

막히는 한남대교가 아닌 반포대교로 우회했다. 자 이제 다 왔다. 안심이다. 클리쉐의 반복이다. 마지막에 안심한 녀석도 죽는다. 남산 2호 터널과 3호 터널은 다른 곳으로 간다는 사실을 몰랐다. 그렇게 Room 201 도착한 시간은 예약 시간보다 40분 늦었다.

파인 다이닝은 절차가 있다. 절차에는 시간이 필요하다. 식사시간은 1시간 30분 내외. 계산해보니 도자기 체험 시간을 맞추기가 어려워진다. 예약한 애플리케이션에서는 취소와 변경 따윈 절대 안 된다는 걸 강조하듯, 붉은색에 굵은 글씨로 경고해 놨다. 안. 된. 다. 고.

전화를 걸었다. 친절한 선생님은 다음 시간에 4명 예약이 있는데 그때같이 해도 되냐고 물어봤다. 무조건 된다고 소리쳤다. "선생님 감사합니다."

마음이 안정되니 이제야 음식과 레스토랑 내부가 눈에 들어왔다. 정갈하고 조용했다. 동요하던 내 마음은 이제야 안정이 되었다. 여자친구는 동요 없이 나를 지켜봐 주었다.

다음 일정인 도자기 만들기 체험. 가게에는 주차 자리가 없다는 경고에 산 아래에 주차하고 올라갔다. 그야말로 등산이었다.

도착한 가게에는 친절한 선생님이 계셨다. 안내에 따라 1시간 흙을 만지니 접시가 완성되었다. 거기에 머리글자까지 넣으니 뿌듯했다. 도자기는 한 달 뒤에 수령이 가능하다는 말에 나는 여자친구에게 "한 달 동안 잘 지내자."라고 했다. 선생님은 크리스마스에 만드시고 안 오시는 분도 많으시고, 혼자 오셔서 만든 도자기를 깨고 가시는 분도 있다는 살벌한 말을 웃으시며 하셨다. 정말 그런가 보다.

마지막 일정인 의외의 조합.

3개 층으로 이루어져 있으며, 일 층에는 카페 이층에는 갤러리

삼 층에는 탁 트인 루프탑이 있었다. 세 명의 작가 작품이 전시되어있는데, 돌아보곤 둘 다 하나의 작품에 꽂혔다. 여기서 이게 제일 좋다고 말했다. 여자친구는 웃으며, 이제 취향까지 닮아간다고 한다.

생일 기획이 그렇게 끝났다.

시작은 엉망이었지만, 그 끝은 꽤 괜찮았다.

여자친구에게 고맙다. 엉망이 되어 버린 계획으로 마음이 바스스 부셔졌다. 하지만, 차분히 일이 되길 기다리는 그녀 덕에 끝은 꽤 괜찮았다. 물어봤다. 어떻게 그렇게 침착하냐고. 명쾌한 답이 돌아왔다.

"안달복달한다고 도로가 뚫리는 것도 아니니까. 지금 같이 있다는 게 중요하지. 일정은 조정해보면 되고, 사람이 하는 일인데, 조정하지 못할 일이 있나? 안된다면 다른 것 하면 되지. 우연히 한 일이 더 재미있을지 누가 알아?"

그녀의 말은 내 마음을 쾌청하게 했다.

시작은 엉망이었지만, 그 끝은 꽤 괜찮았다.

덧붙임 1.

도자기를 찾을 때까지 여자친구와 잘 지내야겠다. 잘 부탁드립니다.

덧붙임 2.

도자기는 받았고, 잘 쓰고 있습니다.

혼자 집에 가는 아이

화창한 날씨는 기분을 설레게 한다. 창 너머로만 날씨를 즐기기에는 아쉬웠다. 마침 각자 나갈 사정이 있었다. 어머니는 세탁소에 가셔야 했고, 동생은 생크림을 사야 했으며, 희망이(견생 2년 차 몰티즈)는 산책하러 가야 했다. 나가야 할 명분도, 실리도 있으니 이제는 나가야 했다. 차로 5분 정도 가면 아파트 단지가 있다. 그곳은 강변을 끼고 조용히 걸을 수 있는 산책길이다.

첫 일정은 희망이 산책. 어머니와 함께 느긋한 박자로, 때론 희망이의 빠른 박자로 걸어갔다. 손목 스마트워치가 걷기 시작한 지 30분을 알린다. 이제 어머니는 세탁소로, 동생은 마트로, 나는 희망이를 안고 있었다. 그렇게 각자의 볼일을 하고는 다시 모여 차로 향한다.

차로 가던 중, 옆으로 노란색 버스가 지나간다. 아이들이 하원하는 시간인가 보다. 버스의 종착지로 보이는 곳에 보호자들이 아이를 기다리고 계신다. 선생님이 먼저 내리며 보호자들과 인사를 나누고 뒤따라 아이들이 내린다. 질서 있게 내린 아이들은 무질서하게 산개해 각자의 부모님을 찾아간다.

눈에 띄는 아이가 있다. 힘찬 목소리로 인사를 하는 아이. 분홍색으로 색깔을 맞춘 가방을 매고, 신발주머니를 손에 쥔 아이다. 우선 선생님을 향해 배꼽 인사를 한다.

"안녕히 계세요."

바로 친구의 부모님에게도 인사한다.

"안녕하세요."

모두 반갑게 인사를 받는다. 아이는 산개하지 않고, 자기의 길을 간다. 당당히 고개를 들고. 큰 소리 인사와 결연한 태도에 내 눈은 그 아이를 쫓아갔다. 아파트 단지 안으로 거침없이 가는 발걸음에 빙그레 웃음이 나왔다.

집으로 가는 길, 차는 약간 뜨겁다. 열어놓은 차창으로 시원한 바람이 쉬지 않고 들어와 뜨거운 기운을 몰아낸다. 그 짧은 시간에 당당히 고개를 들고 인사하며 혼자 가는 아이에 대해 상상하게 된다.

'부모님이 모두 직장에서 일하느라 바쁘신가 보다'로 시작된 이야기는 '빨리 철든 아이'에 도달했다. 혼자 가는 것이 습관이 된 철든 아이.

운전하는 동생이 말한다.

"그 아이 옛날에 우리 같다. 그렇지?"

모두 각자의 성장 주기가 있을 터다. 그 아이는 다른 아이보다 조금 앞질러 성장하고 있었다. 그 나이에만 부릴 투정도 부리지 않는다. 아마 바쁜 어른을 이해하고 있기 때문은 아닐까? 잊고 있었지만, 우리 남매도 그랬나 보다. 동질감에 눈이 그 친구를 계속 쫓았나 보다.

다 큰 내가 어렸던 나의 부모님께 드릴 말이 있다.

"아버지, 어머니 저흰 저희만의 주기에 따라 성장하고 있었어요. 가족을 위해 최선을 다하고 계시잖아요. 그것도 알아요. 보지 못한 곳에서 우린 생각보다 더 당당히 지내고 있답니다."

대박 사건, 친구가 딸을 낳았다?

정확히 이야기하면 친구 아내가 아이를 낳았다. 아주 이쁜 딸이다. 친구들이 있는 단체 카카오톡방에 순산을 알리며 올린 사진은 예쁘기 그지없는 생명체 하나가 오물거렸다. 참 예뻤다. 친구들은 앞 다퉈 선물을 보냈으리라. 지금의 선물을 기억하지 못하겠지만, 내가 삼촌임을 알리고 싶었을까? 나는 강한 인상을 남겨야지 싶어, 백화점으로 갔다.

백화점에서 놀란 사실은 참 비싸다는 것. 그렇지만, 예쁜 친구 딸이라는 콩깍지가 가격을 보이지 않게 했다. 한 시간을 돌며 고민 끝에 산 건 자그마한 조끼. 다른 옷을 입을 때 걸쳐 입을 수도 있고, 이제 곧 가다올 가을을 대비하는 기능적 측면도 있으며, 귀엽다는 심미적 측면을 모두 만족한 제품이었다. 거기다 면으로 되어 있어 예민할 수 있는 아기에게 안전하기까지 하다.

다음날 직접 전해주겠노라 하며 약속을 잡았다. 그날은 산후조리원을 나오는 날이란다. 일찍 와서 차 한 잔 마시자는 친구에게

'콜'을 외치곤 카카오톡으로 주소를 받았다.

다음날 친구와 안부를 묻고 짧은 잡담을 하고는 얼른 선물을 주고 아내에게 가보라 했다. 이제 돌아가려고 차로 향했다. 친구로부터 전화가 온다.

"이제 집 가는데, 아기 한번 보고 갈래? 지하 주차장으로 내려가고 있어."

"불편하지 않으시겠어?"

"그런 성격 아니라는 거 잘 알잖아. 기다려 금방 간다."

엘리베이터 앞에서 기다렸다. 심장이 쿵쾅거렸다. 친구 아내의 품에 안겨 나온 그 친구는 아주 자그마했다. 눈을 아주 천천히 깜빡거리며 나오는 눈을 마주치진 못한다. 신기하다.

친구 아내는 나에게 영광스러운 짧은 접촉을 허락했다.

손끝에 전해오는 찌릿함은 집에 갈 때까지 계속되었다.

이제는 아이 아버지가 된 그 친구와는 대학교 입학 때부터 알게 된 사이다. 대학교 4년을 함께 다녔고, 대학원 석사과정도 같은 실험실에서 했다. 그와 나의 인생 출발은 비슷하다. 하지만, 지금 그는 안정적인 공무원이고, 결혼했으며 아이의 아버지가 되었다. 반면에 나는 불안한 직업을 가졌으며 결혼은 아직 하지 않았고, 아이의 아버지도 아니다.

사회가 정해 놓은 장단이 있다. 몇 살에는 학교를 졸업하고, 몇 살에는 회사에 가며, 몇 살에는 결혼해야 한다. 또 몇 살에는 아이를 낳고 몇 살에는 승진하며, 몇 살에는 은퇴한다. 나와 시작이 같은 그 친구는 사회에 정해 놓은 장단을 충실히 따른다. 어른들이 보기에 무척 안정적이고, 잘 산다는 인정을 받을 장단이다. 반면 나는 사회가 정해 놓은 장단과는 점차 멀어지고 있다. 이번에 아이를 보며 한 번 더 강렬하게 다가왔다. 내 친구의 장단과 내 장단의 차이를.

불안할 법도 한데, 지금은 그렇진 않다. 아마 사회의 장단으로 돌아갈 수 있을 정도로 아직 내 장단이 멀어진 건 아니라는 마음 때문일 것이다. 하지만, 언젠가 사회가 정해 놓은 장단으로 돌아가지 못할 때가 오면 그 불안은 커질까?

유튜버 박막례 할머니는 이렇게 말씀하셨다.

> "내가 70년 넘게 살아보니께, 남한테 장단 맞추지 말어. 북 치고 장구 치고 너 하고 싶은 대로 치다 보면 그 장단에 맞추고 싶은 사람들이 와서 춤추는 거여."

나는 사회가 정해놓은 마치 정답처럼 보이는 장단과는 멀어지고 있다. 내가 만든 장단을 홀로 치고 있다. 박막례 할머니 말처럼, 치다 보면 누군가와 같이 치리라. 혼자 치더라도 내 장단을 글로 남기면, 뒤에 나와 비슷한 장단을 치는 사람이 "누군가 이런 장단으로 춤을 췄구나. 나 혼자만의 장단이 아니었어."라며 안도하길 바란다.

홀로 장단을 치고 있는 분이 계신다면, 당신은 혼자가 아니다.

친구의 딸은 무척 귀엽다. 얼른 눈을 맞추며 말을 할 수 있으면 좋겠다. 조카 바보 예약이다. 대화하는 그날이 온다면, 그 아이에게 꼭 해주고 싶은 말이 있다.

"너희 아버지 대학 때 말이지…."

아버지가 된 친구의 외출 허가 결재

최근에 친구 내외가 아이를 낳았다. 뒤로 친구를 본 적이 없다. 카카오톡 단체방에서는 가끔 아이의 사진이 올라오는데, 역시나 무척 귀엽고 예쁘다. 아버지를 닮지 않아서 다행이라는 생각이 든다.

친구는 자전거에 진심이다. 하지만 몇 달간 못 가고 있다. 안타까울 정도다. 그저께 카카오톡이 왔다. 추워지기 전에 일정을 맞춰보자는 친구의 호기로운 메시지였다. '오~'가 계속 올라온다. 결정적인 문장이 올라왔다.

"외출 허가 결재 났습니까?"

친구의 미소가 여기까지 보인다. 아직 결재 중이라고. 곧 결재가 날 것 같으니, 날짜를 정해 놔야 한다고 한다. 그렇게 카카오톡 투표에는 10월 첫째 주부터 11월 두 번째 주까지 몇 개 날짜가 줄을 서서 기다린다. 그렇게 간택된 날짜 3개를 결재 올리겠다며, 단체 카카오톡방에서 잠시 사라진다.

아직 답이 없는 걸 보니 결재 진행 상황이 난항인 듯하다.

아버지가 된다는 건, 자신이 누리던 많은 일을 포기해야 하는 과정인가 보다. 매주 타던 자전거는 두 달에 한 번으로 줄어들고, 친구들과의 만남은 반년에 한 번으로 줄어든다. 자신에게 주던 시간이 이제는 딸과 아내에게 이동한다. 자신에게 주던 시간으로 가족을 만드는 데 쓴다.

아버지가 되어 가는 친구에게 무슨 말을 해줘야 할까. 머리를 이리저리 굴려봤지만, 마뜩한 단어나 문장이 떠오르지 않는다. 불현듯 35년간 가족에게 시간을 쓰는 분이 떠올랐다. 내 아버지. 오늘도 퇴근이 늦으신다.

자신을 위한 결재는 없어진 지 오래인 듯하다. 이제는 그만 지우시고, 자신을 위한 시간을 내어 자신을 그리셨으면 한다. 긴 세월을 지내신 아버지에게 말을 건네야겠다. 아니 건네지 못할 말이 마음에서 돌돌 굴러다닌다.

'아버지 그동안 수고 많으셨어요. 정말 대단하세요. 존경합니다. 아버지 덕분에 저는 잘살고 있습니다.'

마음에만 굴러다니는 문장을 용기 내어 뱉어야겠다.

"아버지 뭐 하세요? 식사는 드셨어요?"

덧붙임.

카카오톡이 조용하다. 여태 답이 없는 걸 보니 결재가 반려된 건 아닌가 싶다.

가끔은 길을 잃어도 좋다

　나는 길치다. 공인된 길치다. 여자친구와 온 가족이 인증 도장을 찍어 줬다. 그래서 내비게이션에 무척 감사하다. 내비게이션 덕분에 나는 어디든 갈 수 있다. "언제 길을 잃어봤지?"라는 문장이 떠오르다, 가까운 기억이 걸어 나온다. 가끔은 내비게이션이 있더라도 길을 잃는다. 궁금했다. 내비게이션이 없던 시절에는 어떻게 길을 찾아가는지 부모님에게 여쭤봤다.

　고속도로를 타고 멀리 갈 때면, 몇 번 고속도로를 타고 어떤 분기점을 거쳐 가야 하는지 지도를 본다고 한다. 국도를 타고 갈 때도 비슷한 방법으로 간다. 다만, 지방으로 가게 된다면, 사람들에게 물어물어 간다고 한다. 그래도 길을 잘 찾아 갔다고 하신다. 나는 아마 무척 자주 길을 잃었을 테다.

　전혀 알지 못한 길에 들어설 때, 묘한 기분이 든다. 새로운 길을 떠나는 탐험가가 된 기분이다. 신선한 풍경, 새로운 길, 그 길이 품고 있는 멋진 가게를 보기도 한다. 길을 잃는다는 건 새로운 체험을 할 수 있는 기회가 되기도 한다. 돌아가는 시간만큼 나는 경험을 쌓고, 새로운 눈을 뜨기도 한다.

인생은 가끔 길로 비유된다. 모두 각자의 길을 걷고 있다. 많은 분은 인생이라는 길에 내비게이션을 켜고 가라고 한다. 목적지를 정해주기도 하고, 가는 길을 잃었다고 야단을 치기도 한다. 그 길을 계속 간다면, 돌아가는 것은 물론이고, 크게 문제가 생길 거라고 겁을 주기도 한다. 최단 거리를 짚어준다.

내비게이션은 계속해서 재탐색을 외치며 옳은 길을 가라고 강요한다. 사실일까? 옳은 길이 있고, 틀린 길이 있을까? 그러한 길이 있다 하더라도, 가끔 길을 잃어도 좋다고 생각한다. 잃은 길은 새로운 경험을 전해 줄 것이다. 내가 생각하지도 못한 길에서 우리는 처음 보는 사람을 만나 이야기를 하며, 생각의 폭을 넓히는 기회가 되기도 한다.

기회가 새로운 기회를 소개하고, 전혀 생각하지 못한 목표를 향해 갈 수 있다. 전형적인 길에서는 전혀 얻지 못할 기회를 말이다. 지금 길을 잃었다는 소리를 많이 듣거나, 스스로 길을 잃었다고 생각하는 모든 이들은 새로운 기회라는 녀석이 기다리고 있다고 말하고 싶다. 틀린 길은 없고, 다른 길만 있다고 주장하고 싶다.

어떤 길을 가든, 그건 내 인생임을 잊지 말자. 삶 속에서 하는 경험이 오롯이 나를 만든다. 인생은 길고, 쭉 뻗어 가는 길도 의미 있지만, 구불구불한 새로운 길도 재미가 있다.

 길을 잃었던 나도 나다. 길을 걷는 모든 순간이 나임을 잊지 말자.

그녀의 출근길은 왜 오르막일까?

여자친구는 뚜벅이다. 회사는 버스를 타고 내린 뒤, 15분 정도 걸어간다. 보통 가는 길에 통화를 한다. 전화를 자주 하다 알게 된 사실이 있다. 똑같은 길, 똑같은 거리, 경사가 없는 평평한 길이지만 출근할 때와 퇴근할 때 걸리는 시간이 무척 다르다. 통화한 시간을 보면 출퇴근 시간이 나온다. 출근할 때는 20분, 퇴근할 때는 12분.

사실을 깨닫고는 여자친구에게 이 사실을 알려줬다. 여자친구는 짧게 이야기한다.

"마음에 경사가 있어서 그래."

단박에 알아차렸다. 출근하는 길은 오르막이라는 마음의 경사로가, 퇴근하는 길은 내리막이라는 마음의 경사로가, 출퇴근 시간의 차이를 만든 모양이다.

참 다양한 일들이 다채로운 모양으로 내 앞에 놓인다. 그럼 즉각 마음에는 경사로가 만들어진다. 즐거운 일인 경우에는 가는 길이 힘들지 않을 내리막길이. 싫은 일인 경우에는 가는 길이 힘든 오르막 길. 마음이 길을 만들고 걷게 한다. 가끔 힘든 날에는 주저앉기도 한다.

마음이 만들어낸 경사로. 단박에 경사로를 치울 수 없다. 내가 할 수 있는 일은 마음을 다르게 먹는 일이다. 곧 경사로 각도를 조정하는 일. 무기력하게 상황을 받아 드리고 마음을 고쳐먹으라는 소리 같지만, 상황이 벌어지면 우리가 할 수 있는 일이 많지 않다는 사실을 인정하자는 것이다. 다만, 태도를 결정해 각도를 조금은 조정해 보자는 말이다.

마음먹기, 태도 결정이 기울기를 만들고 실제로 우리의 몸에, 차이를 만들어낸다. 여자친구가 한 이야기가 내 마음에 들어와 한참을 머물 모양이다.

나에게도 가기 힘든 마음에 경사가 있음을 깨닫게 된다.

나에게도 가고 싶은 마음에 경사가 있음을 깨닫게 된다.

무척 하기 싫어 가파른 오르막길은 조금은 그 각도를 낮춰보자. 하고 싶어 하는 일이라 가기 편한 내리막길은 조금은 각도를 완만하게 해 보자. 빠르게 걷다 사고가 날 수 있고, 빠르게 그 시간이 끝나지 않게 하는 일이다. 물론 쉽지 않을 일이다. 그래도 할 수 있는 일을 해보려고 한다.

내 마음이 만들어낸 경사로를 따라 나는 걸어간다. 조금이라도 편한 경사로를 만들고 싶을 뿐이다.

4장

하마터면 놓칠 뻔한 카페, 독립서점

컵 안 깨진 게 어디야

가끔 아침에 동생과 함께 출근한다. 출근 장소는 동생이 운영하는 카페 겸 서점. 출근해서 필사와 글쓰기를 2시간 정도 하고 집으로 돌아온다. 그날은 유독 허기졌다. 모닝빵에 잼을 발라 먹어도 되겠냐고, 대표님인 동생에게 여쭤봤다. 승인이 났다. 즐거운 마음으로 가는 길에 있는 마트에서 모닝빵 하나를 샀다.

능숙한 손놀림으로 동생은 빵에 버터를 발라 오븐에 넣고, 접시에는 잼 한 스푼 그리고 우유 한잔을 보기 좋게 놓아두었다. 필사하고 있으니 등 뒤에서 고소한 냄새가 난다. 아침부터 호강이라 생각하며 고개를 돌렸다. 준비된 아침이 무척 마음에 들었다.

이건 찍어야 한다며, 사진에는 진심인 동생은 나를 멈춰 세웠다. 그리곤 이 컵이 더 예쁘다며 컵을 바꿨다. 컵을 바꾸곤 뒤를 돌아서는 순간, 우유를 담은 컵이 날아갔다.

"악!"

동생과 나는 동시에 소리쳤다. 이어진 탄식. 대표인 동생은 웃으며 말했다.

"오늘 장사 잘되겠다. 컵 안 깨진 게 어디야. 우유는 치우면 그만이야."

머쓱했다. 나는 즉각 짜증을 장전했기 때문이다. 장전된 짜증은 '우유를 언제 치우냐?', '조심성이 있어야지'인 반면, 동생은 '장사 잘되겠다', '컵 안 깨진 게 어디야'를 장전했다. 같은 상황에서 참 다른 생각을 했다.

동생이 언제 이렇게 긍정적인 사람이 되었는지 기특하기만 하다. 동생에게 하나 배웠다. 어떤 상황이라도 생각하기 나름이다. 귀한 배움에 대한 감사를 끼워 한마디 했다.

"엄청 맛있다. 고맙다. 잘 먹을게."

엄마와 함께하기 위한 비용 6,000원

동생은 카페 겸 서점 대표다. 나는 그 서점에서 북 큐레이터로 활동하고 있다. 일이라고 해야 서평을 쓰고 책을 함께 정리하는 정도지만. 가끔 아침에 출근을 함께 한다. 가서는 꼭 하는 일이 있는데, 필사와 글쓰기다. 아침에는 손님이 많지 않아 고요히 시간을 보낸다. 내 자리는 윤슬이 담겨 있는 포스터 옆, 창가 자리 앞이다.

그날도 어김없이 필사하며 화창한 날씨를 즐기고 있었다. 고요한 시간을 비집고 들어온 사람이 있었으니, 옆 가게 미용실 어머니와 딸이다. 어머니가 혼자 오는 경우가 잦은데, 보통 오시면 마들렌 하나나 크로플 1인분을 포장해간다.

미용실 원장님은 아이의 손에 이끌려 오셨다. 이번에는 아이가 선택해서 먹고 싶은 게 있는 모양이다.

"엄마 나 크로플 사줘."

"엄마는 안 먹어도 되니까 1인분이면 되지?"

"아니 오늘은 2인분 먹을래."

그렇게 몇 분의 실랑이가 있었다. 엄마의 패배.

"크로플 2인으로 주세요."

동생은 "포장할까요?"라고 하자. 아이는 계산대 밑에서 소리친다.

"아뇨 먹고 갈게요."

동생은 아이 어머니와 눈을 마주치곤 결정해달라는 신호를 보냈다.

"포장해주세요."

아이는 강경했다. "먹고 갈래. 엄마 먹고 가자." 이번에도 엄마의 패배.

어머니는 카드를 꺼냈고 동생은 6,000원을 결제했다. 엄마는 한숨을 쉬며 빨리 먹자고 하곤 자리에 앉았다. 동생이 고소한 향을 내는 크로플에 아이스크림을 얹어 가져다줬다. 아이는 손뼉을 치며 포크를 어머니에게 건넸다. 조잘조잘 자신의 이야기를 시작했다.

달콤한 크로플을 끝내곤 아이는 기분 좋게 내 옆을 지나가며 말했다.

"엄마랑 이야기하니까 좋아. 엄마랑 같이하면 뭐든 좋아."

일하는 엄마는 눈코 뜰 새가 없다. 미용실 원장님이자 어머니인 그녀는 바쁠 테다. 아이를 혼자 집에 둘 수 없으니, 일하는 미용실에 데리고 왔으리라. 그리고 아이에게 맛있는 빵을 사주며, 아이의 마음을 다독였다고 생각했을 테다.

바쁜 엄마를 둔 아이는 철이 빨리 든다. 엄마는 돈을 벌고 있으니 나에게 많은 시간을 내어 줄 수 없다는 걸 아이도 안다. 그 사실을 알고 있는 아이는 그래도 엄마와 함께하는 시간이 필요해 혼자 먹는 1인분이 아니라 함께하는 2인분을 고집한 건 아닐까?

사람에게는 관심이 필요하고, 함께하는 시간이 요구된다. 그 아이처럼. 아이에게 어머니와 함께하는 데 필요한 비용은 6,000원. 잠시나마 아이는 엄마와의 시간이 즐거웠을 테다.

가만히 글을 쓰니, 나도 있었다. 갑자기 주말 아침에 흔들어 깨워 세차하자는 아버지, 뜨개질에 필요한 실을 사러 시장에 가자던 어머니, 함께 걷자던 여자친구. 세차, 뜨개실, 공원 산책을 핑계로 관심과 시간이 내어 달라고 신호를 보낸 건 아닌가 싶다. 그 아이의 크로플처럼.

그녀가 초코 라테와
초코 마들렌을 주문하는 이유

바리스타 신발이 있다. 크록스처럼 단단한 고무로 되어있고 뒤축이 얇아 신고 벗는 게 편리하다. 거기다 안정적인 착용감까지 있으니, 오래 서서 일하는 바리스타에게 널리 애용된다. 그래서 '액트 플러스 슬립온'이라는 이름이 아니라 '바리스타 신발'이라는 이름으로 더 많이 불린다. 바리스타이자, 서점 주인이며, 카페 사장인 동생도 그 신발을 신고 있다.

지금은 단골인 그녀가 처음 가게에 왔을 때, 바리스타 신발을 신고 왔다. 침울한 기운과 함께.

"초코 라테 한 잔이랑 초콜릿 마들렌 하나 주세요."

주문받던 동생 눈에 그녀의 바리스타 신발이 눈에 들어왔다. 주문받고는 그녀가 있는 자리로 배달하며 아는 체를 했다고 한다. 오래 서서 일하는 이들 간의 동질감 덕분일까? 그녀도 거부감을 느끼진 않았나 보다.

"오래 서서 일하시나 봐요." 눈은 서로의 신발을 봤다. 그녀는 고개를 끄덕이곤 자신도 카페에서 일한다고 한다. 그녀의 웃음을 보니, 동질감이 퍽 위로가 되었나 보다. 동생은 그녀의 휴식을 방해하지 않고자 얼른 자신의 자리로 왔다고 한다.

그녀는 단골이 되었다. 간단한 안부를 묻는 정도의 시원한 사이. 늘 같은 메뉴인 초코 라테 한 잔, 초콜릿 마들렌 하나를 주문한다. 비슷한 건 축 처진 어깨나 퀭한 눈으로 들어왔다 자신만의 시간을 가지곤 당당 어깨와 맑은 눈으로 변한다는 것.

얼마 전 동생이 휴대전화를 들이밀며 말했다.

"그분이 디엠* 보냈어."

내용은 '집 근처에 책과 맛있는 음료가 있는 가게가 있어 좋다'라는 내용이다.

우린 두꺼운 가면과 튼튼한 갑옷을 입고 집을 나선다. 친절을 빙자한 칼날과 관심을 가장한 타격을 이겨내기 위해서다. 부서진 가면과 구겨진 갑옷을 벗고 집에 눕는다. 이번에는 가족이다. 가족도 가끔은 날카로운 말로 우리를 찌르곤 한다.

휴식이 필요하다. 주기적인 휴식. 그녀에게 동생 가게는 가면과 갑옷을 벗을 벗고 휴식할 수 있는 곳이었을까? 그리고 초코 라테와 초콜릿 마들렌은 상처받은 영혼을 치료하는 약은 아녔을까? 그녀는 자신의 상처를 치료하는 처방을 초코 라테와 초콜릿

---

*DM (direct message): 인스타그램에서 개인에게 보내는 메시지.

마들렌으로 한다는 추측만 해본다.

2주간 모습을 보이지 않는 단골.

서운하기보다는, 상처받는 일이 없어 오지 않으리라는 기대가 커진다.

언제든지 그녀를 치료할 준비를 할 뿐이다.

그녀가 지친 모습으로 오면 크게 환영하라고 동생에게 부탁해야겠다.

"어서 오세요. 드시던 걸로 준비해드릴까요? 오늘은 서비스도 있답니다."

이웃집 가게가 망했다

동생은 카페 겸 독립서점을 운영한다. 가게는 긴 일자 형태 단층 건물에 있다. 건물에는 쌈밥집, 무인 아이스크림 가게, 사무실, 미용실이 있다. 여름에는 무인 아이스크림 가게가 단연 압도적인 유동 인구를 자랑한다. 사무실은 비교적 조용하고, 미용실은 대부분 예약 손님만 받지만, 아침부터 바쁜 걸 보니 장사가 잘되는 모양이다.

장사를 하는 처지에서 보면 사람이 없다는 게 참 답답한 일이다. 쌈밥집이 그러했다. 한 달 전 쌈밥집이 심상치 않았다. 우리 가게를 중개하신 부동산 중개소 소장님이 오셨다. 안타까운 이야기를 알렸다.

"쌈밥집 내놨어요. 다른 가게가 들어오면 카페에 손님이 더 올 거예요."

짐작만 하던 경영난이 실체로 드러났다. 교류가 많은 건 아니었다. 그래도 같은 건물에서 장사한다는 건 묘한 유대관계를 준다.

안타까웠다. 그렇게 다시 한 달이 지나자, 간판이 내려갔다. 다른 주인이 정해졌나 보다. 쌈밥집 주인이신 아주머니가 다리를 절뚝이며 동생 가게로 찾아오셨다. 아주머니는 관절염도 심해지셨고, 장사가 어려워 그만두신다고 한다. 그동안 고마웠다는 인사까지 하시곤 돌아가셨다. 뒤가 쓸쓸해 보였다. 곧이어 기다렸다는 듯 새로운 간판이 올라갔다. 가게의 흔적은 착실히 지워져 갔다.

새로운 가게가 들어왔다. 이번에는 추어탕 가게. 젊은 부부가 가게로 와 동생에게 떡을 주었다고 한다. 잘 부탁드린다는 말과 함께. 부부는 새로운 시작에 걸맞게 활기차고 당당해 보였다. 이번에는 잘 되길 바랄 뿐이었다.

가게 끝과 시작은 자주 있는 일이다. 무심하게 지나다니던 길에 있는 가게가 바뀌기 일쑤다. '임대 문의'가 걸리기도 하고 한동안 불이 꺼지고 새로운 간판이 들어서기도 한다. 이제는 그 일이 처량해 보인다. 같은 업계에 있다는 생각 때문일 테다.

가게가 끝났다고 해서 그분의 삶이 끝나는 건 아니다. 단지 삶의 매듭이 하나 지워진 것일 뿐이다. 가게의 끝은 다른 시작을 안내할 테다. 쓸쓸하게 가시는 아주머니에게 한 마디 건네지 못해 아쉽다.

"아주머니 그동안 수고 많으셨어요. 몸조리 잘하세요. 아직 젊으시니까, 다른 기회가 올 겁니다. 그리고 음식 맛은 최고였어요."

영업시간에 대하여

　얼마 전 동생 이웃가게인 쌈밥집이 문을 닫고 추어탕집이 들어왔다. 새로운 가게는 부산스럽다. 영업시간이 바뀌기도 하고, 광고를 위한 현수막이 걸리기도 한다. 지금은 소란함이 잦아들었다. 아침마다 추어탕 가게 젊은 부부는 활기차다.

　퇴근하는 동생은 호들갑을 떨며 내게 말했다.

　"추어탕 집 영업시간 봤어?"

　"아니. 왜?"

　"아침 8시부터 저녁 10시까지!! 거기다 연중무휴!"

　들자마자 나는 탄식했다. 두 가지 마음이 교차했다. 영업시간을 견딜 부부에 대한 안타까움. 새로운 시작에 대한 결연한 의지를 응원하는 마음.

　영업시간이 아침 8시부터 저녁 10시까지라면, 하루 14시간을 가게에서 보낸다는 말이다. 그리고 아침 8시에 연다고 사장도 8

시에 나오는 건 아니다. 보통 30분에서 1시간은 미리 나와 준비해야 할 일들이 있다. 그럼, 앞뒤로 30분씩 한 시간이다. 그럼, 하루에 15시간을 가게에서 보낸다는 말이 된다.

하루의 62.5%를 보내는 가게. 자는 시간을 빼보자. 6시간을 잔다고 하면, 자신에게 남는 시간은 3시간, 하루의 12.5%만이 자신을 위한 시간이 된다. 그 시간마저 온전히 자신만을 위한 시간은 아닐 테다. 긴 영업시간을 오랜 기간 견딜 부부가 자칫 몸과 마음이 피폐해질까 걱정이 된다.

하지만 그들은 지금 자신의 모든 것을 쏟아붓겠다는 의지를 영업시간으로 보인다.

지금도 큰 현수막이 펄럭인다. "오전 8시~ 오후 10시 연중무휴" 부부의 시작을 응원하고 그들이 잘 되길 기도한다.

오늘은 추어탕 가게에 가야겠다. 한 끼 먹는 것으로 그들의 의지를 응원해야겠다.

그녀는 청소를 하며 투덜거린다

　동생이 운영하는 가게가 있는 건물은 단층이고 진입로가 아스팔트로 깔려있다. 최근에 가게에 가면 눈에 띄는 게 있는데, 바로 쓰레기다. 술에 취하신 분의 흔적이 있기도 하고, 무인 아이스크림 가게에서 나온 잔해가 굴러다니기도 한다.

　장사 준비를 마친 동생은 집게와 봉지를 하나 들고 나선다. 멀리서 보면 희극이고 가까이에서 보면 비극이라고 할까? 조금 바꾸면, 멀리서 보면 선한 행동이고 가까이 가보면 투덜거림이 가득하다.

　"내 가게 앞만 치우면 효과가 없어. 바람에 굴러서 다시 지저분해지거든. 그래서 다해야 해. 귀찮아."

　투덜거리는 동생을 따라 나도 몇 개 주웠다. 투덜거림은 쓰레기를 다 줍고 나서야 끝났다. 쓰레기 하나 없는 깨끗한 거리가 되었다.

　"선한 행동을 한 동생에게 박수!"

선한 행동에 점을 찍어 칭찬을 해줬더니, 동생은 비웃으며 들어간다. 들어가는 동생의 뒷모습에서 예능 하나와 노래 하나가 재생되었다.

떠오른 예능은 〈서울 체크인〉, 노래는 free smile 이다. 제주에 사는 이효리. 그녀는 가끔 상경한다. 과연 그녀는 서울에서 누구와 만나고, 어떤 활동 할까? 라는 물음에 답하는 예능이다. 그녀가 만든 노래 내용은 다음과 같다.

만인의 사랑을 받는 이효리. 그녀의 웃음은 많은 이들의 멋진 하루를 만든다. 하지만, 그녀도 억지로 웃긴 한 모양이다. 자신의 힘듦을 토로한다. 그래도 웃는 건, 많은 이들이 행복하기 때문이라는 노래다.

동생이 투덜거리고, 힘들었지만, 건물 얼굴인 길은 무척 깨끗해졌다. 누군가는 신경조차 쓰지 않는 길이지만, 누군가에게는 상쾌한 아침이 될 수도 있다. 동생이 억지로 한 청소는 누군가에게 즐거운 하루의 시작이 될 수 있다. 아니, 최소한 더러운 거리를 보고 기분을 망치는 일은 없으리라.

최고는 기꺼운 마음으로 쓰레기를 줍는 것이지만, 그래도 한 게 어딘가? 좋은 일을 했으니 칭찬받아 마땅하다고 생각한다. 우리도 의도가 어떻게 되었건 좋은 일을 할 때가 있다. 물론 기꺼운 마음으로 하면 좋겠지만, 하다 보면, 기꺼운 마음이 되지 않을까?

착한 일을 한 사람을 보거든 칭찬을 아끼지 말아야 한다. 또, 착한 일을 한 자신을 칭찬하자. 주저하지 말고.

자연스러운 웃음이든, 억지로 웃는 사람이든 사람은 얼굴에 흔적이 남게 된다. "마흔이 되었을 때, 자기 얼굴에 책임을 져야 한다."라는 말이 떠오른다. Free smile을 한 이효리는 멋진 얼굴을 가졌듯, 우리도 Free 착한 일을 하면 멋진 내가 되지 않을까?

멋진 모습으로 성장하고 있는 동생에게 다시 칭찬하고 싶다. 그리고 나도 그러한 사람이 되고 싶다.

"선한 행동을 한 동생에게 다시 박수!"

＊ 지구를 위해 친환경재생지를 사용합니다.

하마터면
놓칠 뻔 했다,
내 일상

초판 1 쇄　2023년 6월 15일
지 은 이　권규태
펴 낸 곳　하모니북

출판등록　2018년 5월 2일·제 2018-0000-68호
이 메 일　harmony.book1@gmail.com
전화번호　02-2671-5663
팩　　스　02-2671-5662

979-11-6747-112-3 03810
ⓒ 권규태, 2023, Printed in Korea

책값은 뒤표지에 있습니다.

이 도서의 국립중앙도서관 출판예정도서목록(CIP)은 서지정보유통지원시스템 홈페이지(http://seoji.nl.go.kr)와 국가자료공동목록시스템(http://www.nl.go.kr/kolisnet)에서 이용하실 수 있습니다.